无尘年间

塞壬——著

译林出版社

写在前面的话

2020 年、2021 年，我先后花了八十多天去东莞的流水线、日结工市场打工，写下了这部八万多字的作品。同时，我的耳边也不断传来这样的质疑：你只在那里待了两个多月，怎么可能写出打工人真正的痛苦？再说了，你只是一个局外人，又不是真正的流水线工人，你根本就没有办法对他们的命运感同身受。

在此之前，我们接触过的打工文学皆出自打工作家之手。打工作家们写的正是自己的命运。二十年前，当打工文学席卷中国文坛的时候，他们的作品大体上呈现了这样的格调：苦难，像牲口一样超负荷工作，毫无尊严，备受摧残的肉身与灵魂，绝望，贫困，压抑，以及看不到希望的人生，流逝在机台上的青春，无法申诉的不公待遇，被歧视，被粗暴对待，被强制绝对服从，等等。

人们对打工文学的这个印象根深蒂固，基本无出其右。

我在广东二十多年，非常熟悉打工文学和打工作家。我身边有很多人在工厂打工。可以说，我是深入地、正面地接触了这个群体。

他们之中，真正拥有中等学历的人并不多，绝大多数人没有初中毕业，还有很大的比例连小学都没有读完。他们皆来自外省贫困的乡村，没有任何技能，如一张白纸，结伴来到城市，兴奋，紧张，随着时代的大流进入工厂的洪荒中。

有一个数据显示，中国有三亿农民工。在当时，这三亿人中，能成为打工作家的人，能发表诗歌、能在电脑上打字、能发电子邮件的人，就是这三亿人中的佼佼者——比大熊猫稀罕得多，可谓凤毛麟角。

可想而知，在这个小小群体中，已触及文学这一殿堂的打工者是多么不甘，况且他们已经尝到了文学带来的荣誉感与优越感。他们是多么渴望用手中的笔改变命运，渴望尽快离开这“鬼地方”。而事实上，他们最后也确实如愿，改变了命运，逃离了流水线，成了真正的作家、诗人。

所以，他们笔下的文字带有强烈的情绪。这种情绪是否具有普遍性，我一直存疑。但是，当我在阅读他们的作品时，我相信他们所写的一切都是真的。不公是真的，灰暗是真的，压抑是真的，苦难也是真的。憋屈与不满，当然也是真的。

但是，所有的打工者都因想要改变命运而整天活在愤怒与不甘中吗？

这是我最质疑的一个点。

当我真正深入到这个群体中时，我发现，极少有人想过要改变命运。他们皆安于此命。或者说，从第一次背井离乡来到广东，他们就已经改变过了一次命运。

他们的改变，无非是从这个厂跳到另一个厂。

他们极少想过去做生意，去深造，去学技术，去从事工厂以外的行当。更不会想到去做一个作家。当然，也有很多人在工厂学到了技术，比如最后成了模具师傅、车工师傅、线长、品检或者领班。但是他们皆不可能完成阶层的越级。

绝大多数的打工者安于此阶层的命运。完成不了越级，也少有尝试。所以，他们的内心其实并没有太多来自所谓命运的愤怒以及强烈想要改变命运的意念。

那么，在这样一个相对稳定的生存环境中，他们的喜怒哀乐也处在一个平衡的生态中。跟精英阶层并无不同。因为，安于此。

我在工厂里真正接触到的不是什么打工作家，而是实实在在的打工人。相比农村的农活，工厂的流水线工作并没有更繁重。否则，三亿人都会重返农村。这是一个显而易见的常识。

因为没有对命运的妄念，所以他们的人生所表现出的种种也只能是眼前的，我们能看到的，具体的，毫无形而上的，那种落地的，直接关乎一块肉、一杯牛奶的真实事件。一切的情绪都只是换了一个场景，这是真实的众生，它不属于拥有翅膀的人。

所以，由不是打工作家的我来写，恰恰是公允的。反正又不是我的命运，我急什么呢？对所见之人、之事，因无私心、无偏见，所以我能平静地写出它。

目 录

无尘车间

岭南的春天似乎被时光折叠过。它了无痕迹地跳进这万物吐纳旺盛的初夏。黄铃木、三角梅、木棉把花开得到处都是生机。穿单衣，趿塑料拖鞋，骑辆共享单车在花荫里穿行，后背微微地出汗，森森细细的风把人的骨头吹得酥软。黄金般的时节，只是太短。我是都虚掷了啊。回忆过往的春天，居然没有值得记住的人和事，眼前浮现的不过是花花绿绿的皮囊之乐。年后一上班，单位就开始改制，目前的归属未定。手上的事，做与不做都不太打紧了。似乎只能宅在家睡觉，读闲书，写诗，看电影，打王者荣耀。潜意识里，我还是非常焦虑的。我还是找不到生命之重。我是说，我与这世界隔离得太久了，以至于没有了切肤感。

看网上的新闻，疫情，失去亲人的悲恸画面，都没能让我有锥心的痛感。不知道这是从什么时候开始的，我知道这很危险。不论是对我灵魂的质量还是写作生涯，这都是致命的危险。

洪水猛兽般的新冠病毒似乎并没有影响世界工厂。在东莞，很多工厂从来没有停工。因为封闭式管理，整个工厂，既无人外出，也无人进入。病毒似乎是另一个世界的事情。

逃避着，混着，把一些念头扔进内心的角落。日复一日。可是它竟越长越大，郁结于心。现在，已经没有工作单位这块遮羞布了，于是，一个颓败、虚空、麻木的人就赤裸在面前，避无可避。我竟接连读到三位打工作家的作品。一位是东莞作家莫华杰的散文《苦涩年华》，另两位是深圳作家程鹏和顾启淋，一本诗集《装修工》和一本散文集《小人物》。前面说过，我已然丧失了共情的能力。写一个推荐语竟让我有些无措，我实在说不出什么。我甚至羞愧得无从下笔。广东二十多年的打工文学，其关键词依然是铺天盖地的底层苦难。卑微的人，他们形同草芥一样的命运，那种无力的抗争抑或绝望之喊叫，依然是这类作品的主流方向。我知道，对这个群体的书写，作家们做得远远不够，不论是内容还是文本，其丰富性还远远不够。尤其，打工这一时代命题还在发展和变化中，如今的工厂流水线，〇〇后已经登场了。我的恐惧在于，面对三位作家所写的底层苦难，我竟然不为所动。这些年，我的灵魂已然干枯了，它已荡不起一丝血性的风暴。是因为我没有身在其中吗？我为什么不能真正地“身在其中”一次呢？忽然间有一种醍醐灌顶般的开悟——趁着手上富足的大好春光，我为什么不去工厂流水线？给报社跑工厂这条线的记者朋友在微信留言，让她想办法把我塞进一家工厂。对方的回复是：“塞壬，现在东莞的工厂大多都缺人手，工厂门口就有大把的招聘信息，进去非常容易，我用关系帮你反而对你不利。”然后她发了一个“坏笑”的表情，并祝我一切顺利。

我不知道这件事能够给我带来什么，但是，在决定的那一瞬间，一种久违的振奋与激情流遍全身。

一、危机重重的面试

我一年四季都喜欢穿裙子。记者朋友给了我几个建议：香水、红指甲、口红、细高跟鞋都要戒掉，必须素颜，穿普通牛仔裤、衬衫、帆布鞋；眼镜最好换成隐形的。她还告诫我，最好把苹果 8P 手机换成一千多块的旧款 OPPO。除了换眼镜我觉得没有那么必要外，其他的，我还是能够毫无障碍地接受。毕竟，于我，这件事太重要了。这意味着我能否重新归来，从颓败、钝化的人生中醒来。几天后正式进了工厂，我发现，几千人中唯独我一个人戴着眼镜。多么惹眼的败笔啊。这副眼镜带给我的祸害还远不只是外形上，我后面会慢慢写到它。

突然发现，我的生活被工业园区包围。除了镇中心广场商业步行街的那条主干道外，星罗棋布的五金模具厂、电子厂、塑胶厂、玩具厂、鞋厂、印刷厂密密麻麻地将城市的缝隙填满，它们充塞在万达广场、万科广场、青少年宫、行政办公厅、沃尔玛、电脑城、街心公园以及长途客运站之间，无处不在。有时，我站在自家阳台上眺望，看到那些成片的、外墙漆成深蓝色的、嵌满纽扣般窗口的建筑，会想里面到底有些什么。它们在那里很多年了，毫无表情，一片死寂，仿佛存在于另一个世界，尘埃将它们覆盖。在此之前，一直生活、工作在镇中心的我从来都没有意识到，它们才是这个城市的主体。一百多万人口的城镇，那些我们平常看不见的人，那些隐身在这些神秘厂房里的人，才是这个城市真正的主人。

我突然领悟了东莞制造是一个什么样的概念。全部的声音是一个声音，全部的意志是一个意志。它是一个绝对的存在，笼罩着整个东莞的天空。制造业的王国，它将向我徐徐敞开大门。等待我的是耳光，还是一种回炉重生般的脱胎换骨？

小区旁边就有一个大的工业园。大型电子厂伟达电子在园区的外面有一个醒目的蓝色路标。出了小区的大门，横过马路，对面的公交车站就是以伟达电子命名的。我每天上下班都要打那里经过，却从未留意过它。我去的那天上午，厂门口的保安亭外摆着一张长条桌，一个中年保安坐在那里，桌上有一摞入职表和一支水笔。一张大大的红底黑字招聘广告牌支在工厂的门边，几个年轻人围在那里看，保安桌边也围着几个咨询的人，他们应该都是过完年刚从家乡返回这里重新找工作的。我简单说一下工资待遇。我得说，我们时常抱怨的八小时工作制的坐班工作，相比工厂简直就是人间天堂。伟达厂全年无休，包食宿。从早上七点半工作到晚上九点，午休一小时，晚休半小时，每天工作十二小时，含加班四小时。每小时工资十元，平常加班付一点五倍工资，双休日算全加班，工资是平常的两倍，法定节假日是三倍，也就是每小时三十元。我算了一下，一个新工人不缺勤、不迟到早退，一个月下来刚好差不多能拿到五千块钱（加上全勤奖七十块）。每月十五号准时出粮*。

这是东莞普工的价格。十块钱一小时，而且极少有工厂会高于这个价格。这五千块钱并不好拿，它很重很重，像命运那样重。凡是能熬过三个月的人，工厂就会给予一千块钱的奖励。站在广告牌前，我仿佛就感受到了一股重重的力量猛地向我的身子骨压下来，我战栗了一下，这意味着，每天我最多只有三个小时属于自己。其他的时间，我只能是一个机器。可怕的是，对我来说，成为一个机器是一件非常痛苦的事情——我知道那意味着什么。我身体的每一个细胞都是不安分的，充满了质疑、冒犯和对抗的基因——即使我全程只需要演戏。有那么一瞬间，只是一个闪念，我想抽身离去。然而，我还是径直走到了保安的桌前，拿起了入职表。

总算，那股一直伴我多年的狠劲还在。

我能感觉到保安的目光整个地覆盖着我。我在学历那一栏犹豫着，是填大学好呢还是就填个高中？突然一根被香烟熏黄的食指猛地戳进我的表格。头顶一个不容置疑的声音

---

* 方言，发放工资。

说:“这里，填上初中。”呛人的烟味袭来，我抬起头，别过脸去，然后站起身不知所措地看着这个保安，他把头歪了一下，盯着我，瞬间，仿佛明白了什么:“哦，你小学是吧，没有关系，就填初中，没人查的。放心。”

我感激地朝他笑了笑，复又坐下填表。那双眼睛依然在头顶注视着我的笔尖。突然，他一把将我拉起来，说:“你七四年的？今年四十五岁啦？”我紧张起来，心里嘀咕：糟了，年纪太大会不会不要我。那保安又歪着头盯着我:“不像啊，顶多三十七八吧，不像啊。”他突然向我伸出手掌，制止我继续填表:“你等会儿，我打个电话。”

几分钟之后，一个微胖的中年女人走过来。她穿一身半旧的黑套裙，西服领子镶有两条白筋，袖口那里也是。她梳着一个矮马尾，一丝不乱，面色黑黄，两颧有黄褐斑。浓黑的眉毛中间连在一起，目光凌厉深邃，仿佛能洞穿人的心底。薄唇，撮着。这一看就知道是个狠角色。保安说，她是人力资源部主管武姐，还兼管女工宿舍。

女人上上下下打量着我，目光仿佛是把刀子在我身上比画来比画去。令人窒息般的局促。我从未被人这样放肆地盯着看，那目光露骨地针对着身体的每一个部位反复翻拣。那感觉，就好像我不是一个人，而是某个物品。最后，她把目光落在我的手上，说，把手伸出来。我只得照做，把手掌面朝上伸在她面前。

她一把抓住。那是一双冷硬而有力的手。她那大大的拇指反复揉捏我的手掌，然后又查看了每一根手指。在她的手里，我的手显得小巧白嫩。“你以前是干什么的？”她一直盯着我的眼镜看。我早已准备好了标准答案，回答说：“在一家工厂负责仓库领料。”这是记者朋友教我的。“那为什么不干了？”“听说这里工资有五千块，我在那里只拿两千二。”理由充分，她不再说什么。紧接着，她掏出手机，说：“啊，是四十五岁没错，手脚还是蛮灵便的。”她又扫了我一眼，对着电话那头说：“头脑也还清醒。干活没有问题。”

这是对我的描述。纯物理性的。我先前觉得自己像被当作了某个物品，此刻，我被当作了一个劳力。就像在市场买牛买马，看牙口，看蹄，看它的体格够不够壮。此前，我等待估值，现在，我具备了每小时挣十块钱的资格。

“明天带着你的身份证和两张一寸照片一起去门诊体检。”女人说，“上午九点在厂门口等，别迟到。”我如释重负，这么容易就进厂了？不，我得多挑几家看看。于是我跟她扯了个谎，说是要处理一些私事，只能后天上午过来体检。她脸上有些不情愿，横了我一眼，用鼻音说：“行吧，别耽搁太久。”她转身离开，我注意到她肉色丝袜下那粗壮有力的小腿肚子。

保安的脸上一直挂着笑容。看上去，他在为我的顺利通过而高兴。“有合适的老乡帮忙多多介绍进来，介绍一个奖励八百块呢。”我没有回他话，看了看他胸前的厂牌，他的名字：李银火。他应该比我年纪小，四十上下，五官，不必细说。这就是在尘世中我们必然会遇到的那一类人，友善，好相处。但是，一旦离开，我会迅速把他从记忆中擦去。相反，武姐，却会留在我的记忆库里。我跟她的故事注定不会这么早早收场。

当天下午我去了美泰。美泰是全球最大的玩具厂，它在长安的工厂依然还有五六千人之多。美泰的产品是芭比娃娃，就是那种衣着华丽、性感，梳大波浪卷发有长睫毛大眼睛粉红唇色的女郎。在国内卖场看不见它的踪迹。我记得第一次去香港，我的女同事突然指着橱窗里的一个芭比娃娃惊叫起来：“看，那些芭比娃娃是我们东莞长安生产的。”那语气，满满的自豪。相比伟达电子，我更倾向于去美泰这样的大厂。想想，光是五六千人一起的午餐场景就足够壮观。

填完入职表，交了身份证，我被带进了一个宽敞的培训教室，有四五十人已经候在那里了。大多是女性，中青年都有。只有我一个人是独自前来的，他们都三五成群地结伴而来。女人扎堆就是一群麻雀，教室一片嘈杂。她们把行李箱、红蓝大胶袋、装着洗漱用品的塑料桶放在座位边的过道上。

“美泰一个月休四天，晚上加班不到九点，赚个狗屁的钱。”

“电子厂工资高，累死人，还不让辞工。”

这是我听到的旁边两个女人的对话。这话里，我听出居然还真有人嫌弃加班时间不够长的。百无聊赖，起身走向饮水机，不料一次性纸杯没有了。忽然墙角喇叭喊出我的名字，让我去一下招聘办公室。

人事部消息，让我停掉现在正缴纳的社保。因为我没有辞去图书馆的工作，所以身份证可以查出图书馆在给我缴纳社保。我还在职。跟我交接的办公室女人目光越过金丝边镜框向我投射过来，意味深长地说：“现在很难钻这个空子喽。”

我被揭穿了，沮丧而归。同时，我也清楚地意识到，大的正规工厂，诸如 OPPO、加多宝、劲胜，如果我不辞掉图书馆的工作，是根本进不去的。而且，即使是已经通过面试的伟达电子，我也最多只能待一个多月，一旦涉及缴纳社保，我就会露馅。而且，我也只请了一个多月的假。

仿佛在心里听见一扇扇大门向我重重关闭的声音。我身子往后倒退了两步。

我只得去工业园碰碰运气。工业园里面是多如牛虱的小厂子。园区门口有一个大大的电子显示屏，上面滚动着工厂的招聘信息。三两个年轻人在那里驻足观看。我也凑了上去。因为文字滚动太快，还没读完一条完整的信息它就跳走了，我只好拿出手机拍下一整个页面的文字。忽然听到旁边的年轻人说："不用拍啦，直接进工业园挨家挨户去问就行了。"我收起手机，扭头朝年轻人笑了笑，然后走进工业园。

有一家玩具厂门口聚集了十来个人，想必是一家不错的工厂吧，吸引了这么多人。这家工厂很特别，它并没有要求填入职表。一个年纪三十多岁的女人站在他们中间，说着一口广东话。她说，先进工厂试试看，真心想留下来再填入职表，做工作牌。

因为省去了面试，没有门槛，也因为好奇，我们十来个人一起进了车间。整个车间是一个大通间，大概有三四百平米。有六条作坊线，由长条桌拼成，每条有十几米，一字排开，上面堆满了产品和材料。五颜六色的塑料材料堆成小山，一垄一垄地延绵在长条桌上。整整一面墙层层码起的大塑料筐有一人多高。空间充斥着报警的呜呜声。那声音此起彼伏，比嗡嗡的蚊蝇声要大，颇让人心烦，感觉身边的一切都是乱糟糟的。产品是一种蓝色的塑料小汽车，巴掌大，里面有一个小电池，小车拼好后，按下红色的钮，它就立即发出呜呜的声音。屁股那里的红灯还一闪一闪。

工作很简单，就是把三块材料拼成小汽车。那女人为我们做了简单的示范，她啪啪两下，两只手往中间一并拢，就把车拼好了。最后检验是否鸣叫，按下红钮。这些材料之间是有卡槽的，只要一对准往里一并就成。质量标准是掉到地上不会散架，衔接处的线条摸起来不割手，外形流畅完美。我看了看车间，有一百多人，那些埋头工作的女人，有的可能有五六十岁了，头发已经花白。只有几个中年男人，他们像一尊雕像那样坐在那里，岿然不动，双手机械地拼着小车，目光呆滞，面无表情，匀速地往筐里扔着成品。

我身边的一个男孩，应该不足二十岁，染着一头黄发，左手腕文着一朵红玫瑰。他站在那里，拿起拼材，咔咔两声就拼好了，接着又拼了一个。他拼完第三个的时候，看着手中呜呜地鸣叫着的小车——后面的小红车灯一闪一闪地——愣在了那里。片刻之后，他把小车扔进塑料筐，然后头也不回地走了。从进门到离开，整个过程，他连坐都没坐下来。

我这笨手笨脚的人，拼好第一个足足用了两分钟。但我很快就掌握了要领，一连拼出十几个。一回头，发现一同前来的人竟走了大半。只剩下两个年纪大的中年妇女和一个个子矮小、长相黑丑的男子。我看着手中呜呜呜叫、闪着红光的塑料小车，听到车间此起彼伏的、乱糟糟的嗡嗡声，忽然觉得这一切非常荒谬。不，准确地说，我突然看见了自己人生的荒凉和悲凉。对于这个技术难度约等于零的工作，我丝毫没有歧视的意思，它清澈如水地照见了众生，我看见我也身在其中，我跟他们一样，卑微地为揾食而活。这可怜的肉身。太多人活着，他们不需要有思想和个人意志。

是的，我是有选择的人，不必留在此处。可是，我去别的地方就能改变低伏肉身只为谋得一口饭食的命运吗？

走出工业园，再试试其他工厂的兴趣忽然熄灭了。明天上午九点，我将随伟达电子的新员工一起去门诊体检，然后入职。

晚上失眠了。凌晨三点还在床上"摊煎饼"。我被患得患失的情绪左右。在流水线，如果我陷入了另一种人生的荒芜与麻木，那会不会比现在更糟？我一遍一遍地回忆白天那劳作的场景：巨大的沉默，压抑的空间，耳边挥之不去的嘈杂，而人只是机器。忽听得外面下雨了，点点滴滴打着窗玻璃。探起头往外看，街灯在雨雾中昏黄暗淡，周遭一片宁静。这样的春夜是温柔的，我也安静下来，慢慢合上眼。早上九点的体检，我绝不能误了。

二、有人在体检中离开

我们一行有十几个人，坐面包车去一家社区门诊体检。只有正规的大工厂才会有体检这一项。查三样，血液、胸透、CT，体检费自己出。武姐坐在前面，与司机并排，她刚点了名，清了人数，这会扭过脸来大声呵斥那些不满自费体检的人："谁不想体检现在就滚，马上滚，做个体检反而是害了你们？"

我听见底下一堆激烈的回应：老子健康得很；我打小就没生过病；这叫白白浪费钱。声音虽不高，但表达的语气很坚决，而且充满不屑。我笑了。环顾了一下这十几个人，大多年轻人，九五后，他们来自乡村或者小县城。有几个染着黄毛、红毛，黑沉的脸，头发很油很脏。他们低头玩手机时，从后面看，那露出的一截脖子也是脏黑的。他们中有人在看视频，车厢里嘈杂一片。我听见视频中传来岳云鹏的声音。

坐在我前面的女孩不停地跟她的邻座聊天。她的侧影很美，眉毛细而拱，鼻翼两边有淡淡的雀斑，皮肤有点黄，没有擦粉。奇的是，这么一张素脸，她却涂了桃红色的口红，口红看上去很劣质。这种直接往素脸上涂口红的，我以前还真没有见过。但是她在笑的时候，鼻翼微微地抽动，月牙儿般的眯缝眼，笑意从眼中流泻出来，亮晶晶的。我竟被这无遮无拦的笑容打动了，虽然她只是被刚才车厢里男人们的黄段子逗笑的。她叫赵妮，湖南人。她有我喜欢的直性子，身上透着一股打工生涯带来的油滑历练。邻座女孩跟她年纪相仿，肤白，馒头脸，肿眼泡，也跟着笑得打颤。上车前，我们几个在厂门口等车，那个时候，赵妮就搭讪了我。她说我不像是来打工的人。

我听赵妮说，她在伟达干了一年多，是春节前辞工的，这是她第二次进厂。伟达厂有一种福利，第一次进厂的新工人，干满三个月有一千块钱的奖励。所以，她一直都在惋惜。我心里暗想，我也领不到，顶多一个多月，我就得走人。这女孩眼里闪动着莹莹的异光，一接她话茬，她就问东问西停不下来。突然，她把目光停在我手腕的绞丝银镯上，要我撸下来给她看，我试了试，假装镯子很紧，撸不下来。我很担心她要求加我微信。好吧，即便加了，我也会屏蔽她。半个多小时的车程，赵妮就已经加了五六个男孩子的微信了。

我其实不愿意为了一个什么目的去靠近一个人。这是底线。或者说，我可能更害怕把自己暴露给别人。

乌沙社区门诊。武姐把我们当幼儿园的小朋友，在那里喊要我们排好队，就差要求我们手拉手进去了。我有两个朋友在这个门诊工作，希望今天不要碰到。体检很顺利，不到二十分钟就查完了。我们回到车上等着回工厂。

“李明凯，你下来。”武姐站在车门口，朝车厢里喊，她手里拿着一摞体检表。一个三十岁左右的男子应声走出座位，下了车。我们都好奇地把头伸出车窗。

“这个男的肯定得了病。他完了，工厂不会要他的。”旁边的赵妮嘀咕着。

果然，这个叫李明凯的人最终没能跟我们一起回工厂。我们看到他的哀求被一只手无情地甩开了。武姐上了车，吩咐司机开车。车启动了，它把那个叫李明凯的男人扔在了社区门诊的门口。我没有看清那个男人的样子，但是，我却无比清晰地记住了现实的残酷是如何伤害了一个人的。赵妮觍着脸笑问武英姿：“哎哎，武姐，那个男的得了什么严重的病啊？”武英姿瞪了她一眼，没有作答。

“伟达厂也是怕了，听说以前有个女的猝死在岗位上，赔了好多钱。”赵妮压低了声音跟她的邻座聊着，她做出夸张的表情表示吓得要死。作为看客的我和她，包括车上所有的人，除了冷血，没有其他选项。而我似乎只能在心里把武姐的称呼改成武英姿，在她拂下那双哀求的手，转身离开的时候。

如果我在武英姿的位置，我也一样，绝不会把有病的人招进工厂。面对一种悲剧，没有人是错的，我们不知道该恨谁。可是，就是有人被损害了，就是有一块巨大的东西梗在胸口，它让人那么难受，说不出话来。

三、培训中的小插曲

我先前以为培训主要是针对工作的技能，好让我们熟门熟路地上岗。我们被带进了一个大教室，一个胖保安坐在黑板前的讲桌边，见武英姿进来忙站起身，把她迎上讲台。武英姿坐在讲台上给我们讲她的个人打工经历。

并无特别之处。但她表现出的得意让人不适：相比你们，我是成功的。她摆出的那种所谓高级蝼蚁的嘴脸，我太熟悉了，那些文化人的文章里头称它为：底层互害。四川人，二十多年的打工经历。十几年前在一家鞋厂打工，工厂搬去福建莆田后，她就进了伟达。但她说了一句有点信息量的话："别看我今年四十八岁，已经是做了奶奶的人，一旦厂里缺人手、活太忙的时候，我也时常会顶上流水线。在我年轻的时候，一个女人过了三十五岁就很难找到工作，现在，只要你健康，手脚灵活，五十岁还有工作的机会。"——这话听起来也特别让人讨厌，仿佛工厂给了五十岁的女人多大的恩典似的——原来东莞招工已经到了如此严峻的地步。我还知道，劳务市场的中介引进了很多越南人。

我在工厂听到一个说法：全世界最能吃苦、最聪明、最有效率的是中国工人。他们是全世界最优质的工人。我想起我们的父辈、我们这一代，以及当下中国的年轻人，最根深蒂固的一个品质是勤劳。这也是中华民族的优秀品质。一听到这话，眼泪就要来了。我们的工厂什么时候招了这么多越南人？

紧接着，她开始讲劳动纪律和福利待遇。她突然提高了嗓门，这表示下面要讲的内容十分重要。纪律严苛，我后面会专门提及。但有一条我觉得有意思，值得一说。辞职得提前半个月申请，否则算自动离职拿不到一分钱，工资是第二个月的十五号发。难怪先前就听到电子厂辞工难的说法。理由是，你得给出时间让工厂招到顶替你位子的人。

突然，我后面一个女人站起来问武英姿，可否放弃社保的缴纳？她的话一说完，竟有一干人站起来附和，表示不愿意交社保。

赵妮冷笑一声，说："社保每个月扣两百多块，扣得肉痛。谁想交啊？"

这是我万万没有想到的。如果不是亲眼所见，我不知道天底下居然有这种事情。了解其缘由后，我只能沉默，我忽然觉得自己活在另一个世界里。

谁能不知道缴纳社保是自己的福利呢？谁愿意放弃福利呢？是他们短视吗？

"我只想现在多拿点现钱，我父亲一直有病，在吃药。"

"家里两个孩子在读书，重要的是多拿钱回家。"

"以后受益，以后的事谁知道呢，两百多块钱够我回趟老家的车费了。"

"扣两百多块钱是我孩子两个月早餐奶的钱。"

……

那么多人站起来，他们要求放弃社保。理由让人心酸，他们甚至具体到这两百多块钱可以用在何处。我已经很久很久没有意识到，两百多块钱的分量居然这么重。我曾经熟悉那样的日子：放在枕头下面的几百块钱，一百一百地破开，破开后，它就十块十块地消失，直到为零。我熟悉那样的感觉，那种像是被扼住咽喉的生活。武英姿双手拍着桌子，大声呵斥着让他们坐下：“你们以为工厂愿意交啊？工厂交的比你们多得多，你们以为企业的压力不大吗？”

再一次面对那种无奈，不知道该恨谁。唯有心里的难受是真的。

大家只得怏怏地坐下。接下来，我们做了一张奇特的考卷。我说奇特，是因为这张考卷的主要意图是想知道我们是不是文盲或者白痴。卷子上有一道四则混合运算的算术题，还问从东莞去郑州是往北还是往南；火锅在广东叫什么；辨认禁烟标识；毛主席是哪里人；端午节是农历的哪一天；写出几个英语字母的大写。最后，要求我们写出工厂的全称，可是这个全称就在试卷的抬头上。

教室一片混乱，众人交头接耳。让人难以置信的是，这个考题的正确答案大部分人都拿捏不准。武英姿也不管。想来，即使是文盲或是白痴，都没有什么太大关系吧。招人，到了饥不择食的地步了？我后来才知道，厂里的确有不少轻微的智力障碍者、残疾人。

接下来，就是登记住宿。我是一定要住宿舍的。见我登记，赵妮就笑我：“凡是住宿舍的女人都是没有性生活的哦。”这句话，非常精辟。我反问她：“你住吗？”这女人扭出一副风骚的表情，吐着舌头说：“我男朋友一天都离不了我。”我笑了，这算是整个上午稍稍愉悦的一个时刻了。这个上午，居然这么沉重。

下午拿到了工卡，上面写着：39336号，光学部无尘车间。宿舍非常简陋，而且肮脏。四张铁架子床，上下铺。已经住进了三个人，上铺堆满了杂物，地下的蟑螂见有人来吓得四处逃窜。一张大长桌摆在正中间，上面摆放着各种洗漱用品和塑料脸盆，还有两桶没有倒掉的吃剩的方便面，上面浮着红油。充电器、镜子、梳子、雨伞、食物保鲜盒，还有一些不知名的药瓶也全堆在桌上。墙边立着一个没有门的破木柜，塞满了衣物，从柜子牵了根绳到蚊帐，那上面也挂满了厚衣服。一股方便面味夹杂着洗漱用品的气味，瞬间使我清醒。地板上有陈年的黑垢，后门通向晾衣的阳台，地上有块砖头别住门脚，以免它被风吹上。铁架子床裸露出锈迹斑斑的床沿和扶手，上面就一块木板，一端还翘起来了。我铺上棉褥子和浅蓝色小花的床单，套上白底蓝花被套，摆上粉红的荷叶边小枕头。白色提花蚊帐拉好后，看上去倒有几分朦胧的温馨，竟有一股小闺房的味道了。洗澡堂跟厕所是一起的，洗脸台那里常年提供热水，用桶接了热水后，提到蹲厕的位子，关上门洗，这厕所有八个蹲位，女工们结伴洗澡，偶尔还能听见有人唱歌、打闹和喧哗。她们还会趁着充裕的热水顺手洗完内衣，这大概是一天中最放松的时光吧。接热水的管子很粗，一拧龙头，一股很大力气的热水打进桶里，发出巨大的声响。我家就住在对面的小区，仅七八分钟的路程。但是，我还是选择住进宿舍。

下了场雨，春寒侵体，我看见隔壁床位上只铺了张苇席和一条起满了球的薄毯。

武英姿反复强调，一旦住进了宿舍就不可以夜不归宿，更不可以带陌生人来宿舍过夜。东西被盗概不负责。这可不是校园的宿舍啊，这里有底层成人世界的欲望与混乱，黑暗与孤独。

四、我进入了无尘车间

A. 三分钟，我顶进了线位的坑

所有的新员工都被安排进了新厂区的无尘车间。带着好奇，带着体验另一种人生的亢奋，我满面春风地随着上班的队伍打了卡。嘀的一声，七点二十五分，我的指纹显示在打卡器上。一切都是那么簇新，我像是刚踏进大学校园的新生，心里充盈着清脆的阳光。保安亭的入口很窄，工人们鱼贯而入。一个大大的篮球场，一溜长长的自行车篷，绿化带种着一圈矮丛的四季桂和三角梅，四周围着七层楼的白色厂房，临街的是高高的白色围墙，铁门是关闭的，正好形成一个巨大的矩形。我看见那些如工蜂般拥进各个楼层的工人，他们都渐渐消失在那些方格子里。四千人，我仰望环绕着操场的厂房，感到不可思议。有四千个活人无声无息地在这毫不起眼的建筑里，每一天。

在外面，我们很少有机会能够看见他们。一个百万人口的城镇，绝大多数人都隐在这沉闷、压抑的方格形建筑里。我忽然觉得头顶响彻着一种巨大的合唱，像大海，淹没了一切。我感受到了一种绝对的意志：你必须从属这里。

“你发什么愣啊？”我一回头见是赵妮，她催促道，“快点去领工服。”赵妮分在二楼，我在三楼。还是挺遗憾的，我其实很想跟她在一起工作，毕竟她是这里的老员工，可以听她说说八卦。今天，她没有擦口红。

我领到了一套白色的无尘衣，外加鞋帽。号码是 297，印在左袖的胳膊处，两只鞋的后跟写了名字：郑秋香。用圆珠笔写的，非常醒目。这套行头的前主人是一个叫郑秋香的女子，她应该跟我有差不多的体型：瘦小的身体，还有小小的脚。这无尘衣是用特殊的材料做的，防静电、防尘、防菌。洗的时候用的是纯水，还要用专业的设备烘干消毒，所以不论它曾经有多少个主人，一旦洗过之后，一切的过往归零。可是，因为看见了那个名字，我就没法把它认作是我的了。

无尘衣是蛙式连体的。从中间开链，先套裤子，然后再从袖里伸直双臂，拉上拉链，竖领直顶下颚。鞋是连袜式，侧拉链，它包住裤腿，在小腿肚那里绑紧。长发要盘起，箍上发网，这东西很像浴帽，其实是一张极薄的半透明纤维丝网。浅蓝色的口罩是一次性的。接着套上无尘帽，帽平顶、连肩，戴上后很像修道院的嬷嬷，被遮住了额头、下巴和脸颊。最后用嘴从反面吹鼓橡胶手套，然后把五指伸进去，用腕口的橡筋扎住袖口。一整套上身后，只有眼睛露在外面。

我是郑秋香还是黄红艳或者是别的什么人，根本没有区别。我们没有性别，没有性格，没有体型，唯有一个抽象的轮廓，我们只是高高矮矮的轮廓。我第一次试穿的时候花了近六分钟，而正常工人穿、脱总共不到五分钟。我先前听说，要适应无尘衣至少要三天。主要是对口罩的不适。可怕的是，直到辞工的那天，我都没能适应。这是后话。穿上的那一刻，我感觉到一种迅疾融入这宏大整体的力将我拉伸，压扁，压薄，直到个体的我完全消失。直到我成为那一堆轮廓的一部分。

更衣室的门被拉开，一个高个子男人走出来，他是拉长助理。拉，是英文 Line 的中文读音，流水线，拉长即线长。在进入车间之前，他跟我们讲无尘车间的纪律。纪律最严苛的两条是：手机不准带进无尘车间；上班时间只能出车间两次——上午一次，下午一次，每次不能超过十五分钟。你可以上厕所、喝水、打电话，但如果超时则以迟到论处。

我已经有很多年没有让手机离身片刻了。

男人说话的声音低沉而纯净，他的话听起来就像是为你一个人说的。他长着细长的单眼皮眼睛，目光温柔。虽然看不见他的脸，但是在最初的印象里，这个声音让人有信赖感，仿佛是，有任何问题都可以找他。拉长助理在车间实际上充当着“搭子”的角色，所谓搭子，就是随时可以顶替任何岗位的人，只要车间突然有一个人没来，他就得顶上去。搭子必须熟练操作每一道工序，正常情况下，他充当普工，修复不良品，处理技术故障。而拉长，只是监工。

他把我们带进车间，去见拉长。车间是一个大平层，可能有七八百平米。不锈钢工作台像庄稼一样一字排开，目之所及，应该有十垄，放眼望去，一大片低伏的白色脑袋，像是被整齐安放在固定的格子里。工人们低头忙着手中的活，专心致志，听不到人说话，他们跟机器一样。车间异常地亮，那种亮不是阳光的亮，它不刺眼。工作台上面、左边、右边全都装着三根并排的细长LED防尘灯管，因为手中的产品器件非常精密，一个小小的污迹、毛发、折痕、小气泡都被照得纤毫毕现。可是，面对这样的强光，我只觉得头顶像是被凿开了一样。光，一泻到底，从头到脚，无一处可以隐藏，仿佛我的脏器、骨骼全都曝于他人视野中，我定神之后才意识到，在这里，没有人关注你的身体，你不存在，你是流水线的一个岗位，是机器的一部分。每个人都有清晰的岗位描述。

工作台的下面通着压缩空气的管子，这十几条流水线同时开了气，它发出嗞嗞的声响，无处不在，很像是管子破裂了，强烈的气流从破裂处喷出来的声音，但这声音又似乎被一种力量摁住，变得喑哑。我后来才知道，习惯了的人，是听不见这声音的，它已经融进了一种环境的背景中，剥不开了。无尘工作室对禁尘程度的要求是要将每立方米空气中小于0.5微米粒径的微尘数量控制在3 520个以下。我虽然不懂这个数据意味着什么，但我知道，在这个标准下化妆用的散粉都已不再是尘埃，而是巨大的固体颗粒。头皮屑，说话产生的唾沫，手与手的接物传递产生的细菌，汗，全都被这一身无尘衣挡在门外。最“变态”的防尘防菌莫过于此。靠墙的地板约半米宽处涂了一种深蓝色的胶，为的是让掉到地上的尘埃，再也没有机会被扬起。至于每天的紫外线杀菌、酒精消毒，以及保洁人员全天候拖地只是常规的防护。绿色的油漆地板反着光，在灯光的阴影处，它就变成了黑色。头顶，是一堆奇奇怪怪的装置，粗大的弯管子，像油烟机一样的大罩子，它们全都被包裹成银白色，看上去有一种未来感，也很像达利的超现实主义的绘画。这些怪物在头顶俯视着我们。

我看了那么多的打工文学，却没有发现有人写清楚了他们的工作环境。我认为除了人能够造成压抑的场之外，环境也一样。尤其当呼吸都不能够随心所欲的时候。我们车间有近两百人，感冒和拉肚子的是不准进入无尘车间的。因为请假无薪，所以得了轻微感冒的人舍不得请假，拉长助理就经常帮助他们隐瞒病情。

见到了拉长。她的大眼睛上有着浓密的长睫毛和很宽的双眼皮，这眼睛几乎不眨动，盯着你，时刻充满质疑和问责。她看上去不年轻了，眼珠发黄干涩，但眼神专注严厉。她看了新工人一眼，然后把嘴一努，示意助理安排线位。待看到我的时候，她盯着我的脸，说了一句：“口罩要遮住鼻子。"然后对着我做了一个往上拉的动作。我只得照做，可是，我心里叫苦不迭，因为从口罩呼出的气往上走，喷到眼镜上形成雾，直接让我视物不明。所以，我刚才因为难受，偷偷拉下来了，瞬间就觉得呼吸顺畅，空气清新。

从未在无尘车间工作的人，习惯口罩最快需要三天时间。

可是她并未像对待其他人那样放我走。她继续盯着我的脸，问道："你以前是干什么的？"我按事先的答案回答："仓库管理员。""不像！"她当即果断地否决这个答案。她并没有挪开目光，我只得再编："我先前在老家的民办小学当过老师。""读了大学？""不，我只读了中专师范。"——这一切都只因我太好奇了，一进车间就东张西望，甚至走到了工作台那里，弯着腰看人家工作，还问东问西，是助理把我喊过来的。

她迟疑了片刻，最终还是信了。我如释重负。只因今天是第一天，工作柜没有安排到位，所以手机还在身上，我突然掏出手机跟她说："这是我第一天进工厂，特别有意义，我们合个影吧，以后请多关照。"她猛地扭过脸来看着我，表情特别震惊，一瞬间，她可能明白这是文明人交往的基本礼仪，只是在这样的环境下显得很怪异。但她还是同意了。我挨近她的脸，左手举高手机，右手比了个V，笑脸盈盈，就这样，我跟这个叫张淑云的女人合了张影。我的确表现得跟所有人都不同，但这里面没有一丝刻意的成分。

我身上关于性情的东西在自然流露，我属于另一个世界的特质也在发散出来——在这里，实际上是最不需要的——它显得特别惹眼，像刺耳的不和谐音。我感受到了，同时暗自下决心：谨言慎行。我现在是女工黄红艳。

助理把我带到一个女工面前，跟我说："你就跟着她吧。"这算是我的师傅了，我上前打招呼，她抬起头，眼带笑意算是回应了我。她放下手中的活，让我坐在她的对面，然后过来跟我讲活怎么干。她说话的声音很细很轻，还时常干咳几声清嗓子，唯恐别人听不见，但她眼波流转灵动，是一个瞬间就能意会他人眼中之意的聪明人。她比我小，大概三十五岁。

我们这个厂是日本人开的，做的产品叫背光源，供货给日本的索尼、佳能、东芝这些大品牌。我跟师傅的岗位叫：看外观。意思是从外观上检查产品是否合格。目前就我们两个人。这个叫背光源的东西的具体原理我至今没弄明白，它是一个不到巴掌大的长方形塑胶薄片结构件，厚度不到两毫米，很轻，正面是一层闪着七彩荧光的彩虹膜，边缘拖着一条细细的尾巴，它叫 FPC 柔性线路板。我上一道工序的人负责组装这个结构件，实际上具体的操作就是贴膜，贴各种我叫不出名字的膜，顺序、正反面、朝向皆不能弄错，如果装倒了就算是废品。这个工作需要细心、熟练、手快，不能出丝毫差错，膜片有折痕、污迹、出位的现象都要返工。到了我这里，最重要的检测指标就是查看增光膜和扩散膜是否装倒了。从外观上看，如果装倒了，它的背板就看不到一个白点。

一版无色透明的模具盒里装有九块背光源的结构件。我被要求五秒钟扫完一版。除了背面的白点，还要看正面的膜和 FPC 板（柔性电路板）是否有歪斜、溢胶的现象。装倒的废品拣出来直接交给拉长张淑云，其他仅有小小毛病的拣出来送给助理修复。

非常简单。我师傅三秒看一版。她跟我解说完毕之后，眼睛露出叹气的神情，仿佛在说，远不止如此简单呢。这是我第一次读懂眼睛的这个意思。等到我们看完五百版之后，还要将产品用手推车拉去扫尘，扫一次要二十多分钟。用手举起扫枪，打开压缩空气的阀门，抬高手臂，一版一版地扫，用强大的气流将产品上的尘埃扫走，原理很像用高压水枪洗车。这才是这份工作最累的环节。每天，我跟她至少要各扫六趟。扫枪有两斤重，枪管是铜做的。

我先前觉得手工装一个塑料小汽车的工作很荒谬，然

着一个已入围的文学奖还没有揭晓……

在不知不觉中，我往右手边码了七八版产品，而我，根本没有细看，只是机械地重复那个动作。回过神来的时候，我又将它们全部拿到左边返工重看。

因为是第一天，我看过的产品，师傅会复检。两个小时以后，她的眼睛已经开始横我了，满满的嫌弃和鄙夷，毫不掩饰。

“你知道这些没有白点的产品落到拉长手上会是什么结果？”她没有抬头，扔给我这么一句话。

“是炒掉我吗？”我挑衅地问。给第一天上班才工作两小时的人这样的脸色，我心里颇为不满。

“要不你试一下？”她依然没有抬头，但我相信那蒙着口罩的嘴角一定有一丝冷笑。我偷偷地抬头去寻找俯视我们的那个人，此时，她没有对着我这边，但正在缓缓旋转，马上要转到我们这边了，我低下头，心里对于落在她手上的那个下场非常好奇。我告诫自己，这个想法已经不是女工黄红艳的心态了，没有哪一个女工会对找抽这件事情好奇。

如果我不能成为一个只能靠出卖体力谋生的女工，不能成为那个在艰难揾食的人生中别无选择的女工，那么，我根本就没有办法干好手中这份简单的工作。

可是，作家塞壬就这么一直干扰着此时的我。我要解决的是，必须成为一个纯粹的、每小时价格十块钱的女工，简单、空白，人生没有别的妄念，安于此，服从这既有的规则。我知道，坐在我对面的师傅，以及无尘车间里的所有人，他们，皆服从于此。因为，他们的人生不会有任何变数和奇迹。

这是一个令人心碎而残酷的认知。他们是作为这个巨大的分母而存在的。他们隐身在这个国家那一串串亮眼的数据背后，隐身在大国正在崛起的背后。此时，我看见了他们，并成为他们的一员，我突然觉得这里的一切一下子变得庄严起来。我为自己的种种怠慢感到羞愧。

我清空了自己，现在只剩下了女工黄红艳。直到耳边听到嘈杂的声响，工具的叮当碰撞，还有人伸懒腰的声音，师傅说："下班了。"我抬起头，看墙上的挂钟，十二点。时间居然过得那么快，我竟毫无察觉。有人关了压缩空气的阀门，整个空间陷入巨大的寂静中，灯也灭了，我们站在黑暗里，各条线排着队，依次往外走，犹如蚊群拥向出口。

在更衣间脱无尘衣。那浓烈的脚臭，避无可避。玩笑声起："同样的配方，这酸爽！"换好的无尘衣挂在墙边的架子上，鞋柜在另一边，里面摆着密密麻麻的鞋，我发现，所有人的鞋后帮都写了名字。因为第一天没有来得及准备拖鞋，我只好赤脚下到一楼。整栋大楼，地板、墙、窗口、楼梯、扶手皆一尘不染。

在保安亭打完下班卡，我们去饭堂就餐。

凭借脖子上的工卡，我打了一份青椒炒肉、一小份青菜和一点米饭。米饭盛在一层一层的铝屉里，木勺铲，不限量。汤盛在两个白铁皮的大桶里，木柄长舀斜躺，紫菜蛋花汤，上面漂着星点般的油珠子，打汤的人拿起勺子都要搅上一搅。午餐和晚餐皆是免费。也有私人入驻的小炒窗口，品种很多，有鸡腿、扣肉、烧鹅、牛肉和红烧鱼，还有面食窗口，有水饺等各种面食，这些得付钱。

饭堂很大，能容下两千多人就餐，就餐分两批进行。三排大吊扇呼呼地吹着，墙上还有转头风扇。连椅桌，能坐四个人。不锈钢套餐餐盘、筷子、汤匙从一排排消毒柜中自取，这场面，有茫茫人海的壮阔与虚无。我没有伴，独自一人哑默就餐。

忽然觉得肩膀被人撞了一下，是赵妮。她惊呼："你怎么吃这么少？"

她在我对面坐定，我看她的餐盘，分量足足有我的三倍还要多，满满一盘，米饭堆成一座大山，除了青椒炒肉和青菜，她还打了西红柿炒鸡蛋。也就是说，赵妮把免费标准中能打的全打了。

我颇为不屑。这种恶意报复式的伎俩，是品格下作的体现。

赵妮看懂了我的表情，她冷笑道：“你以为工厂会给你浪费粮食的机会？没什么油水，只能多吃饭而已。”我看了看邻近的女工，扫了眼远处黑压压低头用餐的人，无一例外地，所有人都把头埋在堆成大山一样的餐盘里，男人用筷子快速扒食，呼哧作响。赵妮从老乡处弄来两块腐乳和一匙黄豆酱，她分给我一点，然后熟练地把它们拌在米饭中，就着西红柿炒鸡蛋的汤汁，拌了拌，大匙大匙地进嘴，鼓着腮帮子大幅度咀嚼，十几分钟，她的餐盘干干净净。她是一个身架纤细的女孩，锁骨高突，肘部瘦削。她把一顿简陋的工作餐吃得如此有滋味，没有放过一粒米饭。

“三天之后，你也会像我这样吃饭的。”她说。

这里的每一个人都给予粮食足够的尊重，一块肉、一粒米、一滴油，刮干净全部吃光。我想起一整天十二小时那心无旁骛的劳作，明白了粮食在他们心中的分量。对肉的渴望，对肉的舍弃，在他们的生活里，也许都要反复掂量。赵妮告诉我，厂里有几个特别厉害的大神，他们从来没有花钱吃过一次小炒。

我已经忘了对肉的渴望是个什么滋味。

我们打完上班卡，离上班还有四十分钟，赵妮说去四楼走廊眯上一会。我跟着她赤脚上楼。四楼是仓库，楼道和走廊里坐满了人，他们靠着墙，坐在地上伸直双腿，有的玩手机，而更多的人闭着眼睛打盹，还有一些情侣，女的枕在男的大腿上。我毫无睡意，忽然记起整整一上午未看手机，待我打开时，看到的是无聊的、荒谬的闲聊，微信群里的种种链接、视频，有人拜托我帮忙转发他的公众号文章，有人让我点评她的新作，市作家协会的活动邀请，还有一两个男人不明就里的搭讪，我摇了摇头。我已经没有兴趣回复他们任何一个人了。一瞬间，我感受到了生命之重。

赵妮挨着她的工友睡着了。墙两边的女工们也都歪倒着睡着了。四处静悄悄的，我也试着闭上双眼。可是，我听见巨大的轰鸣冲击着耳膜，静不下来，茫然四顾，却寂然无声。我为自己此行的动机感到羞愧。我羞辱了这里的每一个人。

打铃了，突然地巨响，仿佛整栋楼都颤了一颤。被惊醒的工人们缓缓站起身，挨挨擦擦下楼去各自的楼层。

B. 可怕的遭遇

我是最后一个穿好无尘服的人。在手忙脚乱中勉强跟上工友进了淋吹间。这是进入无尘车间前的最后一道除尘工序。二十秒，人立在那里，任四面八方吹来的强劲巨风将自己吹透，轰鸣震耳，我们不能把一粒尘埃带进车间。一时间，好奇心顿起，心想，这么好玩的东西，如果是裸体接受淋吹，那肉体会不会被吹得皮肉开绽？

师傅已经擦好工作台，准备工作了，她见我姗姗来迟，轻声地说："以后尽量提前五分钟到。"这句话是不能够容她说第二遍的，我深感它的分量，尽管那是一种非常轻柔的声音。

上午积压的产品没有扫尘，她为我做了示范之后，就把活扔给了我。扫尘的动作很像是画符，横三下竖三下，连起来一气呵成，一版就扫好了。可是，铜管枪是有点重量的，一趟活，要扫半个小时。幸好，扫尘的地方刚好在拉长视线之外的角落里，无论张淑云在头顶怎么旋转，她也看不到我。发现这一点后，我立即把口罩扯到鼻子下面，清新的空气瞬间灌进鼻孔，我感到每一个毛孔都振奋了一下。

扫尘可以机械地凭借惯性去操作。这意味着，我的内心世界可以神游。解除了神经的紧绷咒，这种释放妙不可言，仿佛肉身轻灵起来，有一种欢快的旋律在血液里流动。

那个身躯轮廓笨拙的清洁工蹭到了我的身边。她来接水洗拖把，水龙头就在墙角。她跟我们一样每天要在车间工作十二小时，不停地用宽幅的湿拖把拖地。在这近一千平米的车间，她的活漫无边际，没有尽头。她动作迟缓，从这里到那里，没有人留意到她的存在。

这日复一日的枯燥生涯足以磨灭一个人所有的尖锐与激奋。我看到，她的每一个动作，仅仅只是推着时间缓缓地挪动。那种慢，放大了生命的荒谬。

她把拖把巾拆下扔进桶里。我的目光一直停留在她身上，这时，她把目光迎向我，仿佛在说，啊，我总算可以歇会了。

“你哪里人啊?”她问。

“湖北人。”我应道。同时我瞬间意识到她很清楚，这个地方是拉长视线的盲区。她还知道我是新来的。

“许晶晶让你扫这么多啊? 她可真够坏的，欺负新来的。”她瞥了一眼推车上的产品，足足有一千版。原来我的师傅叫许晶晶。我笑了，跟她说:“我倒是愿意扫尘呢。在这角落里自由很多。”

她把眼睛睁得老大，充满惊异和不解:“你说什么? 自由? 这里哪里还有什么自由，扫尘比看版累多了，你还真是傻，我好心提醒你，以后有你受的。”说完露出一副好心没好报的懊恼表情，扭过脸，不想再跟我聊下去了。

这笨拙滞重的躯体原来藏有如此活络且斗气充盈的灵魂。她的眼睛是往里凹的，有深黑的潭，此刻它处在一种她是唯一正确的坚定认知里：你觉得在这个角落自由放松可以偷懒吗？不，所有产品必须在规定的时间范围内扫完，你偷不了这个懒。她看透了我对角落自由的肤浅理解，并且在内心嘲笑了我。

我呼吸的自由，我内心飞翔的自由她怎么会知道呢？但我不想放弃跟她聊下去的机会。当我们屏蔽了整张脸，我第一次发现：一个人的声音也是有表情的，眼神也可以将信息传达得很准确。

我还是应该做一下妥协，让这个天聊下去。

“哎，你知道吧，这个地方张淑云监视不到，我可以边扫边哼着小曲儿，还可以跟你聊会天呢。”我近乎是赔笑的表情了。

她眯着眼看着我，一副“你就这点出息”的不屑表情。然后问我是正式工还是中介工。我回答说：“我是自己应聘过来的正式工。”

在这里，我简单说一下中介工。中介工是劳动力中介公司输送给工厂的工人。他们的工资由工厂转包给中介代发，钱一旦经了中间环节，那少不得要被拔毛的，所以说，中介工的工资比正式工要少。还有，他们的身份证全部扣在中介那里，也就是说，你混熟了，翅膀硬了，也没有办法转成正式工。中介公司也不给他们买社保。这里面有多少猫腻和肮脏的勾当暂且不表。

这位清洁工告诉我，整条线，绝大部分都是中介工。

“你凡事都要顺从一点，许晶晶她们都是中介工，你工资比她高，要是哪儿刺激到她了，那你少不了要吃闷亏。”

对她的谆谆劝导我频频点头以示受教。她看上去十分满足。最后我们聊了一些私话。她是江西赣州人，正式工，姓沈，两个孩子在家乡读书，跟老公一起在东莞打工十五年了。由于她劈头问我有几个孩子，老公在何处，我一时间蒙住了，考虑到如果回答至今未婚，恐怕会显得更加古怪，甚至可能引发不必要的舆论枝蔓。于是，我选择了最普遍最安全的那一类答复：老公在虎门一家模具厂打工，儿子在读大学。她不再说什么，推着拖把走了。我觉得，我跟这位沈女士，仅用半个多小时，几乎说完了一生所有的话。

整个对话里，她多次提到我的师傅许晶晶，那个善于耍滑藏奸的女人，让我务必要有所戒备，因为我看上去是个老实人。作为正式工的她，即使是个清洁工，面对许晶晶，都有明显的优越感。在这样一个世界里，我看到了熟悉的人与人之间的那种咬啮性烦恼，一股子酸臭味。这一点跟我先前认知的精英阶层没有不同。

终于扫完了，手臂酸麻。我把口罩拉上来，推着手推车经过师傅的身边，她抬起头，看了看墙上的挂钟，然后叫住我，柔声说我足足慢了十分钟。我抱歉地笑了笑，诚恳地表示下一趟一定会加快速度的。我看到她的眼里流露出一种欲言又止的神情。显然，我诚恳认错，及时止住了她正要进一步指责我的意图。沉默片刻，她淡淡地说了一句："我第一天扫这么多产品只用了半个多小时。"

一瞬间，我感受到这个女人的锋芒。

我回到位置上看版。我的师傅许晶晶推着满满一车产品走向扫尘处。拉长已从高处的旋椅上下来了，此时她趴在工作台上写着什么。我终于发现了一个废品，像是收获的第一枚战利品，好生兴奋，是膜贴倒了。按照要求，我将它交给拉长张淑云处理。

她把结构件拿到手上正反两面看了看，确认这的确是一个废品。

"你去把刘倩叫过来，"她说，"第三排倒数第二个线位的女孩。"我依言走过去，把那个叫刘倩的女孩带到张淑云的跟前。

我永远也无法忘记那个场景。公然出卖、侮辱、霸凌，人性的粗暴在这里足足上演了五分钟。这个叫刘倩的女孩子一直低着头默默忍受。我也是。

“又是你，你已经瞎了为什么不给我早点滚，你这粒老鼠屎要祸害我到什么时候？你长记性了吗，你要脸吗？这里不养猪，再出错就给我滚蛋，见不得你这样的蠢货，碍眼……”

这可怕的声音持续了五分钟。那语调，那利刃般的谩骂足以成为一个人的噩梦。它形成一种暴力的场，扼住你的喉管，令人恐惧、窒息。我从来没有见过这么赤裸的当众羞辱。

更可怕的是，我被当成了一个告密的功臣，当着刘倩的面，她这么表扬我：“你看看人家，才第一天上班就这么用心，要不是她发现得及时，这废品流到下游，被质检投诉，我的脸就被你丢光了。”可是，这刀锋般的侮辱，打得人脸生疼，我一样是一字不落地受了。我不明白的是，张淑云处罚刘倩，完全没有必要暴露我，她为什么要用这么下作的手段？太无耻了。整整五分钟，我全部的思想，全部的意志，全部的身心，每一根毛发都在愧疚，对刘倩深深的愧疚。

她的声音很大，有一两句像炸雷一般在空气中炸开，整条线的人都听见了。奇怪的是，没有一个人感到讶异。人们都在忙着各自手中的活。这是司空见惯的场景吗？

终于放我们回线位，我避开拉长张淑云，追上刘倩跟她道歉。她扭过脸来，居然是笑着的："没什么的，你第一天来吧，让她骂骂就完了，只当她放屁，又不扣钱。"她再次笑笑，还拍了拍我的肩膀。她眼里的笑意很温柔，流溢着明媚的光，完全是一副没有受到过伤害的样子。

我僵住了。我不相信有人面对刚才那地狱般的五分钟会毫不动容。

下午的时光好像要慢一些。一阵浓浓的倦意袭来，我想打哈欠，可是口罩蒙住了嘴。无休止地重复同一个动作加重了困意。我想上洗手间，可是瞥了一眼挂在工作台边上的白色墙板，离岗证还没有归还。墙板上最早显示十分钟前，一个叫伍唯唯的人签的动态，她还没有回来。无尘车间只能同时允许四个人离岗上厕所。

终于轮到我了。伍唯唯在墙板上写了她回来的时间，我看着墙板，上面写满了工人们离岗的时间动态，歪歪扭扭的字，用粗黑的水笔写的。我拿过离岗证，迅速写上自己的名字和离岗时间，十五分钟，我必须返回，超时以迟到论处。

迟到一次扣除全勤奖七十元。

火急火燎地脱无尘衣。偌大的更衣室只有我一个人，臭鞋的气味依然浓烈，但此刻我如此雀跃，迫不及待想要冲出那致密压抑、束缚身心的无尘车间。洗手间在走廊的尽头，蹲式的，关好门，马上给记者朋友打电话。

我迫不及待地讲了刚才的那一幕，语气很夸张地说："如果我是刘倩肯定第二天就辞工。"电话那边先是劝我不要激动，关于拉长骂人，最近几年普遍收敛了很多，就是害怕有人辞工。以前都是雷霆之势，绝对压制。小姑娘小伙子被拉长用手指戳额头，直戳得人往后打趔趄，现在至少不敢动手了。最后，她反复叮嘱我，你是女工黄红艳，千万，身份不可僭越。不要做奇怪的事情。

聊完。时间很紧，我翻看了一下微信的留言，基本来不及回复。我突然感觉到，原来有太多的事情在人生中并不是必要的。就像这些不必回复的留言。如果面对的是生与死，我想，可以删除的还会更多。

返回车间，我的师傅许晶晶已经扫尘归来。有一个问题我必须要请教她。

如果发现了不良品，把它交给张淑云处理，那要如何避免背负告密当面被戳穿的尴尬？

师傅的眼里有盈盈的笑意，显然她已经知道我历经了那场劫难。

“本来我想明天再告诉你的。”她说，“这也是我必须要交代你的东西。你听好。

“我从来不会把不良品交给张淑云。一旦发现了我自己会修好它。如果难度大，我就把它交给拉长助理小莫。”她眼里依旧是笑，说，“但是，你刚来，你得要让她知道你掌握了这个技能，而且在认真地对待工作。明天或者后天，张淑云会安排人故意做出废品流到你手里，如果你没有看出来，那才叫真正的恐怖。所以，你最近几天看到的废品必须拿给她。”

背脊一阵凉意。我对故意做出废品来试探我感到震怒。这手段好下作。

“如果我没有看出来，她会炒掉我吗？”我问。

“不会，现在缺人得紧，哪能炒人啊。这么简单的工作你都不会，她就在每天早会上当众羞辱你。”

“明白了。我领教过，非常可怕。仿佛是有人用言语在脱你的衣服。当众。”

许晶晶幽幽说道：“你习惯就好，其实她再怎么羞辱人也只是徒劳，又不会扣钱。时间长了，你会知道，没有拉长是不骂人的。你做了拉长，也会是那个样子。”

我很震惊，对于这种当面羞辱居然可以做到毫不上心。“这是徒劳的。”我反复琢磨着这句话，有这么多人活在这世上，被迫丢弃了伪饰的尊严，仅保留着最后的价值底线。扣钱才是天大的事，分厘必争。我看到人性的强大、坚忍，那种紧紧握实命脉永不撒手的力量。我抬眼看着整个车间，一大片低伏沉默的头颅，我看到了真正的尊严。劳动兑换金钱，这种不容一丝让步的尊严。

不同的是，我做拉长，绝不会是那个样子。

但我要成为那样的人，活着只坚守自己认定的价值，不受干扰。其他的可以全部删除。而事实是，在我生活的世界里，太多人为鸡毛蒜皮大打出手，一言不合就翻脸。想来，那都是太闲的缘故。下午余下的时光在我无奈的慨叹且更为熟练的操作中流逝。

C. 阴险的试探

晚餐在饭堂我看见了拉长助理，他有一张白净的刮骨脸，瘦削，眉眼小巧，却长了个直挺的大鼻子。只是眼神活泼很多了，大抵是年轻人。无尘服敛了他的性情，他很爱笑，说脏话的时候声音依然温柔。说话间，正看见他招呼另一个同伴前来与我和师傅同席。出于礼数，我在小炒部给师傅许晶晶点了爆炒猪肚、牛肉炒蒜苗、红烧福寿鱼和一盘饺子作为答谢，她喊来了拉长助理一起分享。助理姓莫，他说，以后叫他小莫就好。师傅许晶晶说："小莫，这是新来的黄姐姐请你的，有什么事你多担待些。"那边连声说好，也不抬头，只用筷子大把大把地夹肉吃。末了，小莫突然跟我说："我提醒你一下，你把口罩拉到鼻子下面千万别让张淑云发现了。"

我也吃了一大碗饭。明显有了吃肉的欲望，这是一个特别好的感觉。

打完卡，正往车间走。许晶晶从后面追上来告诉我，明天和后天留意一个叫梁维栋的人送过来的产品，试探我的废品就出自他手。她诡异一笑，不再多言。啊，我才回过神来，这是小莫的人情啊！我被一种善意的温暖包裹，它汩汩地在心底涌动。我并不认为这是一顿饭买来的。

晚班开始了。一切与白天并无不同。唯一的敌人依然只是时间，唯有忘掉它，专注手中的活它才不会静止。我已经很熟练了，甚至找到了属于自己的经验。我让眼睛习惯一整版有九个白点，扫一眼，只要缺一个，它就会特别醒目地自己跳出来。

晚班，我扫了两次尘，数量比师傅许晶晶要多得多。我是徒弟，多做一点是应该的。只是连连的哈欠让我的手越来越疲软。清洁工小沈从我身边走过，我耳边飘过这样一句话：“扫尘这个活，别那么认真，即使没扫的也没有人能查得出来……”啊，所有取巧的、偷懒的、懈怠的智慧，我相信，早已被人摸了个透。即使高空有旋转椅的鹰眼，依然阻止不了那些暗地里的种种小把戏。张淑云的气急败坏，缘于她深知这一点却苦于无法彻底获悉，一旦被她发现，那种狂怒，那种被噎住且无处发泄的愤懑就找到了闸口……

在昏昏欲睡的倦怠中我听到张淑云拍了拍手掌，说下班了，开始清洁桌面。我听见对面师傅许晶晶轻微的叹息，我听见整个车间如潮的叹息，仿佛如释重负，一直紧绷的弦终于可以松弛了。有人开始捶肩膀，人群的嘈杂声起，助理小莫拿来沾了酒精的湿巾，我们要把桌子、椅子，包括桌腿、椅子的扶手，每一个背面都要擦到。压缩空气的阀门和壁上的一圈大灯关掉了，空间陷入巨大的寂静，夜，涌了进来。

打最后的一道卡，指纹显示在绿色的屏幕上，嘀的一声。一天，我要打六次卡。

回宿舍。工业园区的路灯如同白昼一般。消夜的摊子占满了整整一条街，我闻到了烤鱿鱼的香味。姑娘小伙子结伴走向那里，吃烤串或者麻辣烫。小超市都还没有关门，里面贩卖着大量的伪劣产品。做促销活动的司仪往路人手里塞着广告传单，拿话筒的主持人站在临时搭的小舞台上声嘶力竭地喊着抽奖。穿着超短裙、涂着口红和眼影的厂妹像鱼群一般穿梭在这明黄的街边，她们把欢笑洒了一地。这个时候的园区仿佛刚刚醒来，在夜色中，蓝紫的霓虹灯招牌交替闪烁，劣质的街边音响鼓噪着低档生活区的审美。

四万多人的工业区，他们生活的全部都在这里。你在其他地方见不到这个群体。严格来说，真正属于他们的时间，每一天，也就只有三个小时左右。就像现在，九点多了，我回宿舍，要洗澡、洗衣服，如果十二点上床睡觉，每一天，我只有三个小时真正属于自己。

这意味着……我没有机会走出园区。我是一个隐身人。这里的每一个人，都是隐身人。他们活在另一个世界。三个小时，没有人能够想象这里面的巨大深渊。它包含着太多的人的欲望、孤独和放纵。混乱的出租屋，地下麻将室，三无小门诊，女人和酒，彩票，老虎机，人群发出震天的叫嚣。还有一些人，那种铁打的人，居然骑摩托车去外面拉客赚外快，他们干到午夜时分才回宿舍。所有这一切，全部充塞在这短短的三小时里。

宿舍又搬来了一个女工。她睡我上铺，我进去的时候她已经睡了，和衣，没有盖被子。现在宿舍里有五个人了，有两个上夜班，要早上才回来睡觉。这是我在宿舍的第一个夜晚。疲惫。此时我渴望家里那张柔软、舒适，有薰衣草香气的大床。我想在浴缸里泡澡，想喝冰箱里的柚子茶。如果步行回家，只要七八分钟。

我上铺的女人在咳嗽，她没有盖被子。下过雨的春夜，还是有些寒凉的。

她醒了，翻身坐起来跟我说话。她告诉我她今天晚上才来报到，没有想到都三月中旬了，晚上还这么冷，然后问我是否有手机充电器，我从包里拿给了她。女工不到四十岁，看上去憔悴，一脸的黑斑，这黑斑连嘴唇上都是。贵州人，姓王。她从上铺跳下来，一阵风，我闻到她腋下刺鼻的馊臭味。她的床只垫了一大张打开的纸板。这应该是一个走投无路的人。她床尾的那个帆布大黑包就是她全部的家当了吧。听她说话的语气，有这样的潜台词：兜来兜去的，最终还是这里好啊。伟达厂有一个特别有意思的地方，即使你三番五次地离开，只要你再来，它依然欢迎你。武英姿肯定对她不陌生。

我庆幸，工厂一定收留了很多这样的人。一个食宿有着的落脚点，一个可以让人喘息的安身地——工厂，它也许是你最坏的选择，但是，你可以在这里缓过来。这里有充沛的热水，饭菜管饱。不依靠任何人，按小时取酬，人人平等。你可以身无分文地来到这里，过往所有的失败、落魄都归零。你的人生，在这里可以从头再来。

我忽然觉得有了一种底气，我畏惧什么呢？即使遭遇再大的厄运与失败，我最后依然有一个去处。我不会流落街头，更不会乞人脸色过活。当我置身于几万人的工业园，当我的人生以每小时十块钱的价格出售，我却有一种无边的安宁与自在，在没有人认识我的地方，过着安静、简单，近似于零的生活。就像刚才回宿舍的路上，一个人在内心盘算着：啊，今天，我这一百四十块钱就这样到手了呀。那种瓷实的成就感是可以触摸的实物。它清澈、纯净，也特别久违。

我大可不必同情上铺的舍友。明天，她就会好起来的。只是，我如何能够绕过那一声一声的咳嗽，去装聋作哑？我得回家一趟，为她取一床毛毯。

一回到家我就后悔了。我面临那诛心的选择——巴西花梨木的大板桌上，晓芳窑茶器，养得玲珑可爱的小薄胎朱泥紫砂壶，二十年的冰岛生普，水沉香暗浮；炫酷的电脑游戏桌面光影闪动，玩家向我发出邀请的信息在右下角汩汩地涌出来；还有，我柔软舒适的大床，它们都向我伸出魅惑的钩子，紧紧地攫住我。再次走向那脏乱粗陋的宿舍是一件多么艰难的事情。我想喝一杯红酒，听一曲爵士乐再走。我的手停在空中，忽然一阵难过。这就是我吗？看看，多么可怜，这生命之轻，沉溺于此，已然感受不到痛的人生，已经脆弱到经不起任何诱惑了吗？把心一横，我决然地拿着毛毯走出家门。

我对面的舍友也回到了宿舍。两个女人在说话。姓王的贵州女人说起她春节前的一次旅行，第一次坐飞机去云南大理，说到飞机起飞时的眩晕和耳鸣，语气很是兴奋。我看着她，一个连铺盖都没有、落魄到几天没有洗澡的女人，她的谈笑风生是在演戏吗？不，完全不是，人的笑是无法掩饰的。这正是我要弄懂的地方。也许，你觉得落魄的境况在别人那里恰恰是一种常态。四十岁才第一次坐飞机，谁又可以说，她的快乐就会比别人的廉价？

她推辞我的毛毯，说是明天就去超市买。可我很坚持。她最后接受了，很隆重地说了声谢谢。我对面的女人来自四川古蔺，姓邹。南方人发音不太讲究翘舌，她怕我不认得这个“邹”字，反复跟我强调不是周总理的“周”，还拿出工卡给我看。我笑了。她的床拉了布幔，遮得严严实实。三十几岁的年纪，体格健壮，滚圆的腰腹，长着一张扁平的宽脸，厚嘴唇特别惹眼。她从床底的纸箱里拿出一件旧棉袄递给我上铺的女人当枕头。她们，即使在年轻的时候都没什么姿色。正因为如此，她们的经历才真正具有代表性，而非戏剧性。

我加入了聊天。两个女人皆有孩子在老家读书，私事没有聊太多，但她们说起以前待过的工厂，两人居然还在同一家工厂干过。工厂太大，人多，如果不在同一个车间那有可能完全不认识。听她们说的这些，我得出一个结论——加班越多越好，工资低于四千块的工厂现在不好招人。我插话：“钱少，人没那么累啊。”结果我被反击：“出门在外，你图轻松有个啥子用嘛！在车间日不晒雨不淋的，还有空调，累啥？”我赶紧迭声应和：“那倒是，那倒是。”显而易见，她们热络得非常快，跟我似乎总有一丝隔阂。关于我私人的那部分，我说的全是谎言。

洗完澡上床快十二点了。手机，整整一天，我几乎快忘了它。上面的所有信息对我来说，其实都没那么重要。这是一个惊人的发现。我曾经沉迷于它不能自拔，一刻都不能离身的。但今天我连王者荣耀这样的“毒品”都可以戒掉了。

作为女工黄红艳，哪会有那么多外面的信息和你有关呢？一天就这样过去了。这是一个模板。以后的每一天都将跟今天一样。这么多人都是这样活着的，我一定也可以做到。那么，塞壬，加油吧。

五、我和拉长张淑云吵了一架

她是矮壮的，行动敏捷、迅猛，然而更快的是她人在远处就劈面而来的声音。她那一连串的叫嚣停止后，余音依然在很长一段时间盘旋在每个人的头顶。它制造了恐怖的场，令人压抑、窒息。我不知道人们是如何习惯了它，并无视了它。对我来说，那种语言的羞辱是一场噩梦，我要跨越怎样可怕的内心地狱才能做到无视它？人说这叫佛系，但一个群体的佛系是如何练成的？

她的眼睛露骨地表现出这样的意思：你们这些人每时每刻都在想着偷懒、混工时，被我逮到那就死定了。她在高空转动着鹰眼，高度戒备。我必须要在一种变态的心理中去理解这种快感：迫切等待一个倒霉蛋撞进她的视野，然后享受一场豪华的语言暴力。

每天开工前都有近十分钟的训话。几十个人成六排，背着手站在进门的小黑板前，她用左手掀开口罩的一角，好让声音更有效地散发出去。但那只手一直架在那里，这个姿势怪异极了，脖子扯向一边，梗着，让人觉得她说出的每一个字都加重了偏执的力量。

先是通报昨天个人产品完成的情况。鸦雀无声。一片阒寂。紧接着十分钟是暴风骤雨般的雷霆之怒。拉长张淑云似乎没有对谁感到满意过，即使产量超过预计目标的人也依然要承受她的怒骂。理由是，比二楼的差远了，比她当年差远了。

没有完成的，她会挨个拎出来，对其施展她的语言狂怒表演。我们每一个人都身穿着只露双眼的无尘衣，然而，我却感受到最赤裸的语言暴力。每一个人都没有面具，无法伪饰。我非常震惊，在我认知的人际交往里，即使想用语言打人耳光，那也只能是在心里，而面上，我们彬彬有礼，握手，甚至谈笑风生。真正的野兽，我们都会把它摁死在灵魂的深处。文明和教养，它需要虚伪的体面。

“不想干了都给老子滚，想混工钱，门都没有。你们这样跟小偷有什么区别?

“食堂的饭倒是喂饱了你们。这个月比二楼差得太多，你们丢我的脸，让我抬不起头，那谁都别想好过。

“×××，叫你滚蛋你还厚着脸皮赖在这里，连续几个月拖后腿，我要是你早就一头撞死在墙上了。

“×××，别以为我看不出你偷偷化了妆，在这里你化妆给谁看啊，你想勾引谁啊，就你返修得最多，你这样的效率还得专门配个人给你擦屁股，你以为你谁啊，你趁早给老子滚蛋。

“×××，小聪明耍多了以为我是傻子？哪一次上厕所你没超时？给你宽容你还瞪鼻子上脸，这半年你都掉在后面，你还有脸？别以为你低着头发呆偷懒我不知道，像你这样的小混混到哪里都让人厌恶，不要脸。”

这是地狱般的十分钟。问题是，这在流水线是一个普遍现象。我师傅许晶晶曾说：“你要是当了拉长也是一样的。”言下之意，她当了拉长也不会有任何不同。这是一种传承已久的丑陋文化。即使我真当了拉长，也无法凭一己之力去改变。我印象中，很多年前，在一所乡村小学，有一位女老师也会这样在课堂上咆哮。她时常蹿到一个调皮学生跟前揪着他的耳朵，把他提拉出来，站定后，又让孩子卷起裤管露出小腿肚，然后用竹条教鞭用力往上打，一道道血印子赫然在目。这么多年了，过往的人事纷繁，但我依然清晰地记得她那张丑脸。

现在，我再一次看到了这张丑脸。每一天。

我曾经问过许晶晶，张淑云会不会将这些汇报给办公室，然后扣工人的钱？许晶晶怪异地看着我："那当然没有，都是血汗钱，扣钱人家找她拼命。"

那也就是说——

一瞬间，我似乎懂了。这仅仅是一个人的脱口秀，自我高潮，狂怒表演，以及通过俯视众生的幻觉而产生的高烧式口嗨。因为一切都未涉及根本。

我跟她的正面交锋出现在上班的第三天，也就是测试我能否合格的那一天。虽然我提前已经得到信息，但我对这种方式的测试并不认可。它有一种上不了台面的卑劣气息。我不喜欢这样的阴谋。要测试，大可明着来，为什么要用钓鱼的手段？但其中有一个小小意外令我震惊。那天上午十点钟的光景，那个叫梁维栋的小伙子把他做好的产品送到我手上，他说："你新来的吧，我今天做的产品你可要看仔细了，千万千万。"他的眼睛始终没有看我，话说完就速速转身回了线位。

我师傅许晶晶也轻轻扔过来一句："你看完我复查一遍吧。"我回她，不用了，复查的话今天上午完不成任务。

最终，我查到三个废品，把它交到张淑云手中。她确认后看着我笑了，她笑的时候眼里有一丝挑衅的成分：“不错，你还可以啊。”可是，我忍不住了。因为我知道如果没有查出来我将要受到什么样的羞辱。

“这三个废品出自梁维栋之手，我去把他叫来。”我失控了。可是已经来不及了，我身体里，叫塞壬的人在这个时候跳了出来。

“不用了，这次不用。”

“为什么，上次发现废品你不是让我叫人了吗？”我不依不饶。

“我说不用了，你没听明白？”她显然有点恼怒了。

“那为什么梁维栋出三个废品就可以不用挨骂？”我准备死磕到底。因为在我看来，那种当众揭穿告密的丑陋行径，那种钓鱼测试新员工的下作伎俩都让我无法沉默。

她一听这话有所指，腾地站了起来。用一种极轻蔑的眼神看着我说：“是我让梁维栋故意出废品来测试你的，你满意吗？”

我毫无畏惧地直视她的眼睛，一字一句地跟她说：“因为你这丑陋的规则，上次我成了揭发刘倩的小丑，这个规则在挑拨工友的关系，非常恶劣。张淑云，你要测试我，就该光明正大地来，背后搞小动作，我瞧不起。还有，早上训话时，你像一个泼妇！”我拂袖而去。

回到线位，我的师傅许晶晶都吓傻了：“你疯了吗，你搞什么幺蛾子？顶撞她有你好果子吃……”我不想理她。我知道我对抗的是什么，这种由来已久的流水线文化，不会因为我的一两句顶撞就改变。我甚至做好了跟张淑云在车间打一架的准备，用女人的方式。撕咬，扯头发，在地上扭滚。

然而没有。我所想象的那种更为恶劣的激烈后续都没有发生。只是第二天早上的训话加了这么一句：“有的人自命清高嫌弃这里的规矩，适应不了就给老子滚蛋。”然后她将眼角的余光扫到我脸上，仿佛在得意地说，在这里你必须服我管，有本事你去告我啊。她连续贬损了我五个早上。这气也算是出够了。

那么，塞壬的这次灵魂出离并没有起到任何效果。各种制度依旧。我依然是女工黄红艳。但是，做与不做我必须要有选择。我要有态度，这很重要。

此后，她当然没那么便宜就放过我。比如我把口罩拉下来露出鼻孔透气，比如扫尘的时候我替换左手，再比如上厕所超时了一点点，归还离岗证，在小黑板前写动态作假被她逮个正着……她的反应都异常激烈，那白眼都横破了，说话直接打脸毫不留情。羞辱完了之后还会来这么一句："我就是一个没有文化的人，您看，您不照样在我手上打工吗？"这话是附在我耳后根说的，阴森得可怕。看来，关于文化素质这个点，的确是刺激到她了。

我终于练成了不怕烫的死猪。而她，渐觉无趣，也不再死啄我。只是，我们相看两厌。

在这样的环境中是鲜有人迟到的。因为，你就没有离开过工作的环境，你没有机会迟到。我师傅许晶晶说，车间有超过一半人五年下来从来没有迟到和缺勤，除了年假（也叫探亲假）。这些人生活在工业园，每天生活只有三个点，车间、饭堂和宿舍。每个月全勤奖是七十块。绝大部分人都拿到手了。用他们的话说，这个钱简直就是白给的。

然而，经历了懒散的办公室职业生涯，零迟到、全勤，于我，就相当于地狱了。此刻，我的定力，我的意志，我全部的身心都被要求遵守这严苛的纪律，我发现，真正做到并没有想象中那么难。当我的人生减至零，切断过去和未来，只是保留活着的状态：吃饭，在于饱；衣，在于蔽体；屋，在于栖身。那么，太多所谓的难，皆是一个伪命题。

难道我从这里出去后不是一样可以这样活着吗？如果这算是人生困境的底线，那么，此刻我已经触到了。这一个接一个的工业园，成千上万的人都是这么活着的。你的难，你的困境，是他们人生的常态。他们隐身在此，却是这人间最为坚实的底部力量。

有一天中午，我在手机上看一篇文章入了神，碰巧那天上班的铃坏了，没响，打卡迟到了七分钟。走进车间的时候，我觉得所有人都抬起头来看着我，仿佛我是一个异类。

我师傅许晶晶眼神里全是焦灼：你的七十块钱没了。她看着我，仿佛这是一个天大的灾难。我耸耸肩，觉得小事一桩。她跑到另一个女工那里，两人嘀咕着什么。可是，整整一个下午，跟我在工作上有接触的人，全都是那句话：你七十块钱就这么没了？尤其是清洁工小沈，她露出一副仿佛剜了一块心头肉的剧痛表情：七十块钱就这么没了，这本来就是白捡的钱呀。

一时间，仿佛整个世界都在窃窃私语：你七十块钱没了，你怎么就弄丢了这七十块钱呢？这怎么可能？我不知所措起来，区区七十块钱至于这样吗？看到所有人都在痛惜白白丢掉的七十块钱，我如果再表现得无所谓，那更像是一个异类。

是的呀，太可惜了，有什么办法呢？我只好一一赔笑着。

拉长助理小莫来到我身边，他四处看了看，然后压低嗓门悄悄地跟我说：“拉长张淑云有一个权限，她可以出一个证明——证明你的迟到是因公。那么这个钱就不会扣掉。所以……”

“你让我去求她？我才不去，扣就扣吧。”一想到我跟她的相处，一点就着的僵局，近乎白热化。真开口求她，那难免是劈头一阵羞辱和嘲讽。不要说七十块，就算是七万块，我也绝不会开口求她。

“被她说几句有什么关系呢？拿到钱才是最重要的。她说一万句无非是废话，又不会让你有真正的损失，你计较这个有什么用？”小莫都跟我急了。

真正的实处是钱。钱才是最紧要的事。唯有钱才是一个人的尊严和底线。在这里，唯有钱才是绝不能妥协的正经事。扣钱，是多大的事啊。工友们在窃窃议论的应该就是拉长张淑云有权限免单的事。

见我毫不动摇，他摇摇头走了。我看见我师傅许晶晶也对我摇摇头。

后来，那些窃窃私语都消失了。我周遭，也都安静了。在快下班的时候，张淑云把我叫到她跟前，递给我一张便签条，说：“你把这个条子交给人力处的武英姿，迟到的事她会处理的。”

我一时蒙了。

“再怎么着，我也不能看着你被扣钱啊，要不然，你不恨死我？”她这回居然用一种恳切的眼神注视着我。对，是恳切。

这到底是个什么鬼人啊？啊，真是的。不过，我可是不会轻易跟她和好的。

然而，撇开那些遮挡的枝蔓，我似乎看到了一些事物的本质意义，一块肉，七十块钱，一盒牛奶，一个烧饼，它们都在自己的位置上有着沉甸甸的分量，它们对应着工时、人力，凝结着你实打实的付出。它们厚重而庄严，不容轻视和鄙薄。现在，如果再加上一样，我愿意它是一个人——拉长张淑云。我感受到她灵魂的质地。

六、工油子阿坚和他的爱情

二十三岁的阿坚是唯一给车间带来阵阵快活空气的人，他哼着歌子，在车间摇头晃脑，有时走个路，剪着双手，并腿一蹦一蹦，还时常蹭到姑娘们面前做轻薄状，用手托人家下巴：“来，给爷笑一个。”要不就把口袋里的备用橡胶手套拿一只出来，吹满气，然后摁进去四个手指头，只保留中指竖起，他就拿着这个中指到处戳人。因为大家懂得那个竖起的中指意指什么，都笑得直摇头，小姑娘们害羞，缩颈拼命躲。啊，大家都是那么喜欢他的，连拉长张淑云也很喜欢他。他喜欢不停地说话，笑得很大声。有时来料太多，张淑云也得来帮忙撕产品的外包装，这个时候的张淑云也扎进工人堆里，阿坚就挤到她身边贴近她的脸："淑云姐姐，听说你女儿满十八岁了吧，要不介绍给我得了。""滚蛋。"张淑云嗔他，把他从身边推开，然而他又像牛皮糖一样粘过来，继续嬉皮笑脸。她时常也笑得喘不过气，捶着胸口，指着阿坚，嘴里不停地骂着："你个臭小子，该死的臭小子。"阿坚还经常做些恶作剧，比如突然大声宣布大家安静，然后用尽全身力气放一个长长的响屁。趁姑娘们举拳过来打他的时候，他就抱着头大声说："哎呀，刚才不小心崩出屎糊裤子了。"说完，也不拿离岗证，径直往厕所里跑。

也只有他犯些小错张淑云不计较，仿佛是理所当然的事。当然，每天的早会上，未完成任务的名单里从来就不会有他。他活干得漂亮，只是从不肯多干。

我是在饭堂见到他的。他有一张好看的脸，眉目清朗，有少年气，眼波灵动，心思活络，倔强的唇角隐约透着讥讽，他头发茂盛，卷卷的，有一大撮旋成一个钩子垂向额头。漂亮的厂妹们围着他，争着要跟他坐一桌。阿坚可不像那些勒着裤腰带过活的人，他频繁光顾小炒部，餐盘里时常有烧鸡翅、牛肉，还会有大肘子。人说，这小子大概是不存钱的。还有人压低声音悄悄地说，阿坚的饭票是女人倒贴给他的。

我后来也变得嗜肉，常在小炒的窗口碰到他。他对我露出不可思议的笑容。因为，像我这个年纪的人，应该上有老下有小，时常额外花钱吃肉太不寻常，尤其是中年女人。从他的笑容里，我突然意识到自己应该收敛一下。

我是说，他有一种不属于这个空间的外部眼光。他的意识应该探到了厂区的外部世界。他把做好的产品交到我手上，小声跟我说："我做的东西几乎是免检的，绝对不会出废品，这样你就可以看得快一些了。"他做的货，先前一直都是我师傅许晶晶亲自去交接，没让我碰。我后来才知道，许晶晶留给我的都是新手做的，废品率相对较高。

关于这个举动动机，他后来跟我解释说，我是第一个敢正面开罪张淑云的人，而且我那天说的每一句话都让他震惊。他说："你不像是这里的人。你谁也不怕，而且你不在乎被扣钱。"

我吓得不敢跟他太接近。只是沉默。他后来要求加我微信，我拒绝了。

我的师傅许晶晶比我快，跟我搭伙干活，她总是觉得吃亏。但她从不明着抱怨，只是试探性地跟我提出，任务平分，各干各的。我同意了。阿坚把他的货转到我手里，是当着我师傅许晶晶的面。后来阿坚像往常那样去“轻薄”我师傅，去挠她的脸，她不再像过去那样娇嗔一句“别闹了”，而是突然黑脸，翻着白眼骂道：“滚开，一边去。”只有我知道，她是真生气了。

这一定会迁怒到我身上的。我后来知道，我师傅许晶晶对我，对这件事有一种非常肮脏的判断。她似乎带有一种淡淡的……醋意。

阿坚是第三次进伟达厂。这个工业园区，但凡大一点的工厂都有一个福利，第一次进厂干满三个月的员工有一千块钱的奖励，据说，阿坚把这附近有这个福利的工厂全都干遍了，他待过的工厂有鞋厂、五金模具厂、玩具厂、制衣厂，最多的还是电子厂。他经常做三四个月就辞工，然后消失一段时间，当人们快要忘了他的时候，他又带着流里流气的笑容出现在车间。

我们管他这样的人叫“工油子”。他说：“还是伟达好啊，漂亮的姑娘最多了，食堂的菜也不错。”阿坚不住宿舍，在工业园附近租了房。他二十三岁，出来工作快五年了。我觉得，他在车间制造的种种欢快的气氛里，有一种对抗无聊人生的荒诞味道，无奈、嘲讽、无力又有点悲伤。

成为一个麻木的机器，这一事实在年轻的生命中太过醒目了。他不愿意用沉默去放大、刺痛自己，所以才选择做一个“跳梁”的活宝来消解吧。至少在一个短暂的时刻会忘记它，不去面对它。他跟我说，他一直在寻找离开的机会，几次尝试都失败了，最终还是回到工厂。

有一天晚上八点的光景，因来料不足，我们提前下了班。打完卡，时间尚早，我跟阿坚说想请他吃个消夜，理由是感谢他在工作上帮助了我。他一听就乐了，搓着手说太好了太好了。我们沿着园区的小吃街走着，最后他选了一家烧烤摊，我们正要坐下，忽然听见身后拉长助理小莫在喊：“阿坚，你们吃消夜也不叫我吗？”

三人坐定。我往后面看了看，寻思着，如果看见梁维栋也一并叫过来。那个叫梁维栋的小伙子曾经在测试的那天暗示过我。作为一个陌生人，他的善意让我觉得温暖。人群都散了，我没有看见他。

两个男孩子不太好意思多点，我站起身，点了炭烧生蚝、脆骨、秋刀鱼、鸡翅、鱿鱼须、串串虾、烤茄子、玉米，还有炒田螺和水煮毛豆，满满一桌，然后我又叫了六瓶啤酒。才吃一会工夫，忽然头顶有隆隆的雷声滚过，瞬间就下起雨来，起初不大，我们是坐在露天的帆布篷里，小雨飘着倒无妨，后来雨越来越大，篷下便坐不住了。阿坚说，打包吧，去他的出租屋吃。

三个人冒着雨，提着打包好的食物一路快跑，几分钟，就到了一栋出租屋的楼下。工厂的附近，全是当地农民盖的出租屋，密密麻麻，楼间距很窄，房子采光不好，有的没有阳台，头顶是乱七八糟的电线，墙上、路边电线杆上全是性病门诊、夜店服务、工厂招工、赌博秘籍的“牛皮癣”广告，它们贴得一层压一层。地上有脏水流过的痕迹，阴暗墙角的潮湿处长着青苔和不知名的蕨类，肥硕的老鼠在人眼皮底下进出。我太熟悉这样的出租屋了，十七年前，广州的石牌，我在那里的城中村住了两年。因为淋了雨，头发湿了，样子有点狼狈，小莫对阿坚说，要借他的热水器顺便洗个头。工厂的宿舍是没有淋浴的。

那是一间十来平米的单房。有小小的厨房和洗手间。房间非常简陋，床就是一张旧席梦思，没有床架，床头贴着几张女明星露胸的旧海报。一个简易的塑料折叠衣柜，一张玻璃矮几，上面摆着一台旧的三星显示器和油腻肮脏的黑键盘，半包香烟，两桶方便面，水杯，还有几个不知名的小药瓶子。没有凳子，地上只有一个圆形的棉垫。我环视了一下，总体来说，这样的房间看不出主人有什么样的兴趣和偏好，一片空白。就是一个睡觉的私人空间。阿坚说，这房子每月三百块钱的租金。

我忽然发现墙上的挂衣钩上有一件红色的灯芯绒外套，很是眼熟。没错，这是赵妮的外套。很自然地，我把目光投向那张床，虽然被子没有叠，但能看到有两个枕头。然而，房间却并没有女性留下的其他任何信息，没有化妆品，连女式拖鞋也没有。只有一件红外套。正出神，阿坚喊我吃东西。他们已经把电脑移开，将烧烤全摆在玻璃茶几上，地上垫好了报纸。

有意思，这里面藏着一个剪不断、理还乱的故事。

酒喝开了，他们都说到了家乡和少年的记忆，在他们的述说里，我居然感受到一种朴素的文学气息。小莫是广西贺州人，初中毕业，十八岁就来东莞打工，已经七年了。今年春节回家，父母催着相亲。因为喝了酒，他的脸很红，低头讪笑着说：“我一直觉得相亲很土，不愿意去，可是，被我妈逼着去了，没想到我居然相中了那个姑娘。”说完他抬头，抿嘴，但完全憋不住笑，最后放开，笑得毫无教养，一脸痴相。他还说道："家乡，那里的山是别处没有的，平地而起，一座挨着一座，雨后如同仙境，无数的小尖峰在雾气里若隐若现。阳朔算什么，桂林算什么，它们都比不了我们的黄姚古镇。"

"你们一定要去我的家乡贺州看看。"

我读懂了这些话里的深情。同是漂泊在外的人，故乡是一碰就会痛、就会让人内心充满深情的一个词。

阿坚在一旁追问他相中的姑娘漂不漂亮，性不性感。小莫喝着酒，带着醉意说，他在东莞见过很多漂亮的厂妹，没有一个能比得上她。只是赚钱太难了，他叹了一口气说："我在东莞打了七年工，只存到一点钱，可是回家乡，我根本找不到一份一个月能挣四五千块钱的工作。种地不赚钱。在家乡贩菜、跑摩托车拉客、做建筑小工，都不如在东莞打工。"小莫还说，因为自己在东莞打工，家里才没有被列入村里的精准扶贫对象。那多丢脸啊。他笑了笑。

话题沉重起来。这个大男孩的话传递出太多的信息，他尝试过很多的工作，最终却留在了东莞的流水线。我听出这些话里居然有一丝暗自庆幸的成分，即使是在只有工号没有名字的无尘车间，即使是每天工作十二个小时，即使是稍微犯错就会遭到劈头盖脸的辱骂，相比在家乡尝试过的种种可能，那还是要强上许多倍的。在相中了一个姑娘后，他开始有了对未来人生的憧憬，带着他的傻傻的醉意。

我陷入质疑中。在我以往读过的那么多的打工文学里，极少有作家提到，选择流水线并不是一种最坏的人生。那些铺天盖地的文字里满是愤怒、屈辱、怨恨、不公和不甘。我深信，这些苦难是真实的。但是，它同样安抚了太多的人，它有卑微的甜蜜和心安的自足。明码标价的薪酬，无欺，无诈，精确到每一个工时。永远对你敞开怀抱，你可以吃饱饭也可以睡得安稳，你永远不会走投无路。它是一碗干净的饭，而且，理直气壮。

在流水线待久了，最可怕的是，人会对它产生依赖感，养成惰性，害怕去外面发展。你只要在外面稍微一遇挫就会迫不及待地回到这里。阿坚说，他快要撑不住了，这些年，他从来不敢在工厂做更多的逗留，就是害怕失去离开它的勇气。他不断地离开，不断地回来，但最终，好像也只能留在这里。

这是一句非常伤感的话。离开工厂，阿坚尝试过去夜总会当跑堂小弟，去家具城当导购，去做销售，他还替别人开过黑出租车，甚至差一点卷进了传销的黑窝。然而，一次次地，他最终还是回到了流水线。

“我真害怕最后离不开工厂，再也走不出去了。”这句话，让我们三个人黯然。这个工油子，这个“宝器”，小小年纪，每一次铆足力气振翅，往高处飞，都折翅跌落了。他还会尝试多少次？他会不会累了，倦了，最后成了一个沉默的、规规矩矩的打工者？

“在工厂外面做事，稍有不慎，你很容易迷失自己，变成一个坏人。成为一个坏人，你就有可能赚到钱。但——我不愿意。”

他的家乡在徐闻。他也谈起了那个地方：“产菠萝，整个徐闻就是菠萝的海呀。”他双手比画着，“土地是红的，除了菠萝还种了很多香蕉和木瓜，还有大片大片的盐田。有时台风来了，雨横着打，白天秒变黑夜。徐闻的海是最漂亮的海，我从来没有在别处见过比那儿更蓝的天空。只是——它能给我的机会太少了。我的同学通过家里托关系走后门去镇政府当了个小职员，每个月工资不到三千块钱。他们也只是混日子。我瞧不起他们。”

玻璃矮几上已是一片狼藉，酒也残了。小莫去卫生间洗澡了，我指着墙上的红外套问阿坚：“这是你女朋友的吗？”

他没有回避这个话题：“我跟她分手了。我这么不靠谱的人，现在都无法安定下来，今天都不知道明天会在哪里，什么都不能给她。还是别误了人家。”这种话，如果是别的人说，我会觉得有一种很重的外交腔，是面上的敷衍。但是，从他嘴里说出来，我能感受到一种无奈和凄凉。

我后来留意了一下，想看看这分手的两个人在同一屋檐下如何自处，直觉是，他们并没有彻底了断。有一天中午，赵妮跟一个女孩子在饭堂打了起来，看热闹的里三层外三层，都在起哄。她们嘴角都被撕开了血口子，头发蓬乱，衣裳不整。两个女孩都凶相毕露，彼此咒骂着最恶毒的话，臭婊子、狐狸精、骚货、贱人……你来我往，满天飞。

阿坚茫然地站在她们中间，他劝架无果，那些拳头、飞踢没少落在他身上。我听旁人八卦，一字不落：“听说最近这一楼的肖盈盈跟阿坚睡了，前任小赵捉了奸，两个姑娘开撕，够狠，阿坚这小子有得受了。”

保安进来止住了这场架。我陪着赵妮吃饭，她什么都没有吃，只是泪水涟涟地说：“我其实不计较他有钱没钱，也不计较他将来有没有出息。我只要能跟着他就足够了。他去年说分手，我就辞了工，可是我忘不了他，只好又进了这家工厂。我们明明就要和好了，就快要和好了呀……”

她自顾自地说着，听的人也一阵心酸，这分明是爱情的裸露，带着贞洁的气息。那个工油子，那个浪子，那个多次离开工厂想要寻找机会却最终失败的男孩，赵妮竟如此深爱着他。我先前以为赵妮肤浅、轻佻、拜金，我其实……挺看不起她的。我没有想到她竟珍藏着如此深沉的爱情。

七、逃离的尴尬

一个多月的假期很快就要到了。我必须离开。原本，我可以不跟任何人打招呼，换掉手机号，然后凭空消失。如果不告别，就这样猥琐地离开，那样更坐实我只是一个骗子，这种感觉特别糟糕。还有，我在无尘车间跟一些人相处的那些时光，那些——无法归类的交情（我们也许只是工友，彼此都不算是朋友），不告别，会显得有点失礼，或者说，会让人感到匪夷所思，造成种种猜测。

我得口头告个别。

我先跟师傅许晶晶说："两天后我要辞工，家里出了急事，必须走。"她震惊地一把拉下口罩，环顾了一下四周，压低声音说："辞工？两天后走？你知道这样走一分钱都拿不到吗？"

"我不要钱了。不不，是来不及了，我只能走。"

“你说什么？你不要钱？”她的眼睛由于过于震惊瞪得老大，僵在那里，一眨不眨。我心里一阵打鼓，完蛋了，我原以为只是告别一下，完全没有料到这一层。上次因为要扣七十元钱引起的小小风暴，此刻历历在目。

她缓过来，拉着我的手说：“不要着急，让我想想。不，你可以请假，你可以请假的，不用辞工，这样你的工资就可以保住了。”

“可是请假超过三天也会被视作自动离职。”

“三天都不能把事情办完吗，你家里到底出了什么事情啊？”

“是……是。”我支吾着，“我家里有老人病危了，要回家护理。”（此处，我亲爱的爸爸妈妈，很对不起，在这种情况下，我只能如此撒谎，我希望你们永远健康。）我非常清楚，当你撒了第一个谎的时候，后面就需要无数个谎去圆它。

许晶晶不作声了，显然她的脑子也一片空白。原本，我跟她在工作上还有一些磕磕绊绊、一些小疙瘩还未解开。然而此刻，它们全烟消云散了。忽然间，我有点感动。

我犯了一个极大的错误，接近五千块钱，我竟然不在意，我轻描淡写，我无所谓。我的这个态度嘲讽了每天十二个小时的劳动，看轻了每一分每一秒的付出，无视了每小时十块钱这个价格的重量，不，它贬低我自己，也贬低了这里的每一个人。

这关乎劳动的尊严。我太傲慢无礼了。我应该对属于我的报酬据理力争。

我跟张淑云讲了这件事，问她有什么办法可以拿到那份薪酬。她沉默了一会，说：“像你这个情况以前从来就没有发生过。一般情况下，辞工要提前半个月申请，即使家里有突发事件，三天假回来，到人力资源部销假单，你就可以正常拿到工资。除非……

“除非你是被工厂解雇的。被解雇的人可以拿到工资。”

“那要如何做才能被工厂解雇呢？”我问。

“一般是做小偷，从事色情活动，传销……总之是一些违纪犯法的事儿吧。”她摇摇头，“这个不行啊。不对，你明明工作了一个多月，干了活就要给钱，这是硬道理啊，到哪儿都得要讲这个道理啊。为什么现在讲不通了呢？”

她陷入了沉思中，显然没有前例可参考。

阿坚蹦出来：“黄姐，我有办法，我向上面去告发你性骚扰我。这个一定行。”我白了他一眼，一回头，看到很多工友在窃窃私语，原来很多人都知道了。

“黄姐，你从现在开始消极怠工，在车间闲逛，什么都不干，或者恶意旷工。”助理小莫也发话了，“这个一定行的。我和淑云姐马上向上面反映，让工厂开除你。”

我双手交叉，做了一个抗拒的动作。我怎么能用这种伎俩去达到目的呢。

最后，张淑云跟我说：“可以先去找人力资源部的武英姿，看她什么意见。”她忽然露出一个不可思议的笑：“你态度要好一点，那个女人——”她顿了顿，然后说道：“是出了名的难缠。”

我这是真的要走了吗？怎么就这么突然呢？我换下无尘衣，穿过空无一人的长廊，下楼，四处静悄悄的，这是上班时间，从外面看，整栋楼像是空的，它吸走了所有的声音，一片死寂。篮球场冷冷清清，建筑倾倒的阴影把阳光切成两截。从现在开始，这里的一切将不再跟我有关系，我从未来过这里。我只是一个陌生的过客。从来没有想过，离开会让我觉得伤感。我以为我会心无挂碍地离开。

外面车水马龙，人声喧嚣，没有人注意到这里面有四千个人。他们隐身在这里，他们有情感、有爱，他们懂得每一分钱的分量。而现在，我也成了这样的一个人。关于劳动的尊严，关于那些最朴素的真实人性。

再次见到武英姿，这是多么有意味的会面啊，她是带我进门的人，又是送我离开的人。听完我的陈述，还没有等我开口请求，她就直接打断了我：“黄女士，按照厂里的制度，你没有在半月前提出辞工申请，我们只能按自动离职处理。”

“武姐，您其实可以开除我的。您完全有权限这么做。而且……”

“而且什么？”她突然暴躁起来，显得很不耐烦，“我为什么要开除你？你一走了之，我一时半会去哪儿招人填坑？”

我一连声地向她说对不起。过后，我还是怯怯地说：“我是实打实地工作了一个多月，按道理，工作了就要付薪酬，不是吗？”

她果然被我激怒了。因为这是最硬核、最令她无法反驳的一个点。她更加强硬地重申了自己的态度。我知道跟她再无沟通下去的可能。我想，一定有很多人吃过她的苦头。我极力劝说自己相信，她只是按工厂的规矩办事，而不是故意不通融，使绊子。

我万万没想到的是，这件事，被张淑云当成一个重大事件去办了。她向日本管理层的渡边课长反映了情况。她告诉我，武英姿不松口是意料中的事。但是，今时不同往日，东莞早就没有黑工厂了，这类事件只要找东莞劳动部门，最终也会赢回权益。日本管理层也非常清楚。只是有一件事，她非常郑重地拜托我，千万别去网络上去吐槽武英姿这个人。因为，最终还是工厂的声誉跟着受牵连。

我转念一想，武英姿——似乎也没有什么值得吐槽的吧。

没有跟他们一一告别，太多的假话，我说不出口。要走的事已经传播开了，至少，已经不能算作是不告而别，凭空消失。

从宿舍搬走的那一天晚上，放行单需要舍友签字，证明我的确只是拿走了自己的东西。邹女士和王女士很快就签了，她们没有问我的去向，甚至都没有问我离开的原因。我历经了太多这样的告别，在广州，在深圳，漂泊在外的人，萍水相逢，告别只是人生的常态。

这一场逃离，本质上是一个骗子的表演。然而，这个曲折的过程却让我无比羞愧。这些隐身的人，他们把活着这件事看得如此有尊严，不容一点渣子，生命之重，源于一种昂扬的精神内质。他们并不卑微。

后记：

外面的世界依然在轰轰烈烈地对抗新冠病毒。我出来之后觉得恍若隔世。那真是一个雷打不动的世界啊，它在暗处永不停歇地运转，它为国家经济稳定提供着我们看不见的保障。我在五月中旬收到了一笔款子，那是我的工资，四千七百元。我在街道上，从来没有见过他们的身影。他们活在城市的另一面。然而，直到今天，我才意识到，正是这成千上万的人隐身的那一面，才稳稳地托住了这个城市，这庞大的底座根系，它源源不断地向上、向四面八方输送着经济能量和永不枯竭的活力。这隐在暗处的传送门，这些城市的隐身人，他们是中国大地上最坚不可摧的一种力量。中国有近三亿农民工，我们的父老乡亲身在其中，我也身在其中。一个多月的流水线生涯，我像一个偷拍者那样描摹出原生的流水线场景，还原他们的生活状态，这种记录是否有意义，我说不好。然而，作为亲历者，我感受到我的精神仿佛掺进了一种异样的东西，它厚重、热烈、激昂，它让我更加强大、开阔。我看到人生的上限有了更多的可能，下限，有了稳当的托底。对于我以后要走的路，要做的选择，我似乎可以无所畏惧，我害怕什么呢，即使是失败，我还有最后的归属地，无尘车间的门永远向我敞开。

岌岌可危

一

从伟达电子厂出来之后，我的思绪陷入了一片混乱中。我疑心仅待过一个多月的伟达无尘车间相对于整个东莞流水线只是一个特殊个例。现在，我忧心忡忡地看着手边刚刚写完的四万字，觉得它那么单薄，那么自圆其说，透着一种“流于表层、流于一般写作惯性”的可怕暗示。我开始惴惴不安，心里有块石头总悬着。我可能需要追加一次实证，或者，彻底死心，告诉自己即使是永无止境地续写下去也只能是冰山一角。八月底，我不惜耗完半个月的年假，再一次重返工厂流水线。只是，跟上一次不同，我没有用自己的身份证，而是找到了一家劳务派遣公司，他们给我注册了一个名字：胡菊芬。

因为上一次的经验告诉我，身份证信息可以查出社保的缴纳状况。我去工厂应聘，极有可能被工厂的人力资源部门查出我依然在职，最终不被录用。当然，另一种风险在于，身份证也会暴露我是一个作家的秘密。

后者更可怕。

一位记者朋友跟我说，如果我想通过劳务派遣公司进工厂，就得把自己的身份证押给他们。不过，可以试一试谎称身份证遗失，看能否混进去。这时节，暑期工已返校，工厂正缺人手，所以，每一个工厂都张着深渊巨口要人呢。

这些年，劳务派遣公司在东莞已经没落了。要知道，它曾经是东莞最热门的行当。很多名词都跟一段历史有关，最终，它们也死在那段历史中。比如下岗、分流、算断。“劳务派遣”这个词也一样，最终会死于它的时代。二十年前，来东莞找工作的人，都有过在劳务派遣公司门口排着长长的队、等待叫号填表的经历。那个时候，女性过了三十五岁基本没人要。如今，一个外乡人来东莞求职，不必依靠任何中间环节，直接去工业园区门口的电子招聘栏找信息，然后自己打电话联系厂家。偶尔有零零散散的“蛇头”从偏远的贫困山区把人带到东莞，通过把他们送进工厂来抽取佣金，这些小业务没有规模，不成气候。现在，很多劳务派遣公司转型做培训，它们跟全国各地的技术学校合作，定期批量向工厂输送技术青工。

那条老街的小巷子，留存着小镇古旧的气息。入秋多时了，路边的细叶榕繁茂，树冠在高处融成一片，形成拱顶，一条森森沁凉的石板路一直伸进巷子的深处。卖香烛花圈的，做寿衣的，卖财神关老爷、土地爷神像的档口一家挨着一家。还有一家典卖古玩的小店，门口有一只大黄猫伏在一尊石狮的脚边打盹，里面光线阴暗，隔着木格子门窗，有人在低声说着话。我还经过了一两家卖梅干菜、干霸王花、桂圆红枣、陈皮八角香料的档口，几家卖卤煮、秘制碌鹅的小店，门口的大铝锅在蜂窝煤的炉上腾腾冒着热气。还有几个留着锅盖头的男童在榕树底下追逐。我在小镇多年，竟不知有这样一条岭南风韵十足的老巷子，仿佛是过去的旧时光一直停留在那里，从未离开。可惜那一天我无暇多逛。巷子尽头有一家劳务派遣公司，这是多么惹眼的一个败笔啊，好在，已是路的尽头了，即使煞了风景也尤为有限。记者朋友告诉我，这家公司是本地人开的，档口是自家的旧宅，信誉很好，所以不用担心受骗。

进门是一尊大红的关公像，供着电子红烛香火，红木茶案的包浆非常漂亮，光泽重影深沉明艳，雕花的红木椅上坐着一个胖胖的中年男人，身穿灰色圆领肥T、大裤衩，趿着拖鞋，正在淋壶保养，见有人来，忙抬头问话。这就是我要找的麦先生。

我按照事先备好的戏本，可怜巴巴地诉说身份证遗失，找不到工作，求告无门，家里有老人孩子需要供养。对方一脸惶惑，我只得拨通记者朋友的电话，然后把手机递给了这个人。

半晌，这位长着短促浓眉、眼袋鼓胀的男人对我笑脸相迎，他把手机还给我，用广东话问我相关的要求。我表示没什么可说的。他向里屋喊了一个人的名字，不一会，一个文员模样的方脸女孩走出来把我领进办公室。一进去，才发现别有洞天，窗外，紧挨着的是一栋两层的楼，那里是一个五金模具的培训机构。

于是，我就成了女工胡菊芬。工资由工厂转包给这家派遣公司代发，只是，他们不会为我买社保。时薪制，按每小时九块钱结算，加班两倍，法定节假日是三倍。九块钱一个小时，我猜想，派遣公司至少抽走了两块。女孩要我交五百块钱的押金，可是在我的印象里，招工，以任何借口索缴押金都属违规行为。我拒交，并要求她出示相关的文件法规。女孩带着嘲讽的笑意，说:“这是公司的规定，你没有交身份证，你要跑了我们怎么跟工厂交代?”“我要跑了，你不是可以扣我工资吗?”她的理由愚蠢得可笑，不堪一驳。两个人僵在那里。麦先生可能听到里面的争执，于是进来问个究竟，女孩跟他说明原委，他向她挥挥手，示意，这个人就算啦。

所有派遣公司都扣押着求职者的身份证，没有身份证，你坐不了车，住不了酒店旅馆，更无法跳槽。你被捏死在他们手里，成为流水线上的一个机器。

一阵悲凉袭来，我忽然有了一种卖身为奴的错觉。即使我并没有押上身份证，但是那种强大的可怕秩序带给人的桎梏我全感受到了。

出来，男人已泡好了茶，他招呼我喝上一盅，我没有坐，拿起面前的茶盅就喝，极香的凤凰单枞，沁入肺腑。我说出了茶的品名，他很高兴，接着他说，记者也是他多年的老朋友。他要求我再来一盅，我摆摆手表示不了。出了门来，看了看门前的鎏金招牌，很是刺眼，再一次加强了先前的败笔印象。

我深深地知道，因为是熟人，在这个环节，我避免了一重压榨。胡菊芬，女，三十八岁，广西人。显然，这个叫胡菊芬的女人，她的身份证押在了这家公司，现在，我用这个名字正式进入了一家港资企业。四十五岁，年龄居然没有丝毫的障碍，我轻松地入了职。

整个东莞的制造业已面临着严重的工荒。

二

普乐电子厂不大，大概只有三四百人。相比那些动辄几千上万人的大厂，普乐厂处处显得精致了很多，一进门是一个大大的喷泉，上面的卷发小天使在拉小提琴，水池里养着红鲤鱼。拐弯，进入车间区域，有一个现代艺术造型的铜雕塑。保安高大挺拔，彬彬有礼，用戴着白手套的手向你致敬。从办公大楼里走出来的女性，三三两两，穿着职业套装，短发，化着淡妆，用标准的officelady的微笑朝你点头。整个厂区非常干净，路面铺着菱形石砖，绿化带的灌木丛都进行了精心的修剪。圆形花坛旁边的小便利店里飘出轻快的音乐，女侍系着围裙忙碌着，那里出售热的奶茶和甜筒蛋挞。我心里一阵欢喜，见惯了那些写满暗黑、苦难、煎熬的打工文学，我寻思着，此次的经历会不会大有不同？下意识地，我整了整身上的旧格子衬衫，觉得自己穿得有点太随意了。

厂房很新，外观涂了一种好看的深咖啡色，湖蓝色的公司标志，映衬着墨绿的底，很沉郁的调子，有一种严谨的商务风格。主干道两边是参天的棕榈树，它们整齐威仪，在树的顶端才伸开伞状的树冠，卫士列队一般。秋日的阳光依然炽烈，寂静的篮球场停着一辆加长的大货车，几个穿深蓝色制服的工人正往斜梯上卸货。人力资源部的小姑娘在保安亭等着我，她穿着一套浅灰色短袖制服裙，脖上挂着工牌，素颜，脸颊上有几颗暗痘，说话声音很轻，那是一种故意压低的轻，显然办公区是不容许大声喧哗的。我们上了二楼的办公厅，开放式的一整间，大概有二三十人，每个人的办公桌用隔板隔开，黑压压一片低伏的头，阒寂无声，偶尔听得低低的电话铃响。我要填写一张入职表。可以肯定的是，我能进这样一家条件好的工厂，我的记者朋友应该是叮嘱过的。

因为我是派遣公司送来的人，所以体检、培训、笔试全都省去了，而且他们也不给我买社保。这给我的感觉是，他们只是要一个能干活的活人，这个人的来历、素质、健康跟他们毫不相干。这种感觉很不好，很不好。一瞬间，我心里升起一阵寒意。工厂并没有把我当成自己人的意思。这个小姑娘从头到尾都没有正眼看我，对我，她有一种例行公事般的冷漠。就像是门诊打针的护士，一个接一个地打，没有表情，只是对着门外机械地喊，下一个。而我，只是她正在进行的那一个。

最终，我领了工卡，一件灰色短袖工衣和一张充有四百块钱的饭卡。末了，女孩用手一指，把我推给大门岗亭的保安，说是宿舍的分配找他们即可。这个瘦小、嘴唇发白的女孩，我跟她相处了四十几分钟，我们，仅仅是一个陌生人对着另一个陌生人。

我被一个女保安领着去了女工宿舍。她手里拿着一大串钥匙，葡萄似的，一串连着另一串，拿在手里像一个球。我试着掂了一下，大概有两斤多重。每一把钥匙上面都贴着写了房号的白胶布。女保安体格健壮，深灰色制服套装，从背后看，她有宽宽的胯骨和结实的厚背，腰间扎着皮带。她弯腰下去开锁，我靠近，她肥硕的短脖子，散发着头发的油腻味，侧脸，不见鼻子，只有弧突的面颊和翻卷的上唇。一路上她不停地跟我说，特地为我安排了最好的房间，在二楼，爬起来不累，房间就在第一间，隔壁是开水房，出门往右就是楼梯口，不必走长长的过道。

“我这人吧，别人求我分一间好房，我偏不乐意。越是陌生人，我倒越是乐意帮忙。”她的上唇太有趣了，讲话的时候生动地跳荡着，所以一直吸引着我的目光。

“虽说我只是管个女工宿舍，但我好歹也是管了四十多间宿舍和三四个仓库的人呢，我就是要把好房子分给素不相识的人。”

这话听着，差不多可以脑补一个宫斗剧剧本了。我琢磨着，她向我反复表述专门为我安排了好房间到底是几个意思，难道这是向我暗示——需要我做出一点表示吗？

我装聋作哑。

她把钥匙交给我，叮嘱我宿舍不可以用电饭煲、电热壶。然后她愣了一愣，上上下下打量我一番后，又说不可以留宿不相干的人。如果是配偶，可以申请夫妻房过夜。宿舍丢失贵重物品，工厂概不负责。她的这些话像是一个机器念着写好的台词。末了，她似乎因为这么快就交代完了一切，而有点不知所措。实际上，一路跟随着她，从头到尾我几乎没有回应，只是嗯了一两次作答。我精微地注视着她的一切，目光和注意力一直没有从她身上移开。她应该感受到了自己话太多，甚至是有点冒失，才会显出有点尴尬和不知所措来。我只是觉得，这个女保安身上有着满满的文学趣味，她一旦被人描写，就会跃然纸上的。

为了弥补我满满的“恶意”，我提出请她吃饭以答谢她为我准备了一间好房。她狐疑地看着我，不安地摇摇头。

宿舍很干净，敞亮，阳台有自然风吹进来。地板光洁如新。铝合金窗子上挂着一个淡雅的竹窗帘。插座那里居然装了 USB 接口，房间有 Wi-Fi。独立洗手间，装了电热水器，洗漱台和马桶这边拉了一条幔子与花洒隔开。四张床，床前各有一张小桌子，带着可以上锁的抽屉。空了两张床，我选定了靠窗的这张。想起伟达厂的女工宿舍，那里蟑螂和老鼠横行，脏污的地板，满是裂纹渗着水渍的天花板，整个房间塞满了女工们用红蓝蛇皮胶袋装的杂物，地上还有不安全的电插板，一团一团的线绕得乱七八糟，角落的电饭煲煮着食物……洗澡还得自己去走廊用塑料桶接热水提到厕所。

这儿很像大学的女生宿舍了。阳台的风吹着晾晒的衣服，一搭一搭的，有一股洗衣液的清香飘来。

下午我搬进了宿舍。刚好见到了舍友，一个颇有姿色的妖艳女人，戴着假睫毛，做了长长的能戳死人的水晶亮片美甲，染着红棕色的直发，腰臀间都是风情。她匆匆地摔门出去了，我们没有打招呼。

三

一大早，我被人力资源部的那个小姑娘领进了车间。她继续例行公事般地，用干巴巴的语气把我交给了一个讲广东话的女人。我被告知，这位，就是车间的组长江小姐。然而，她似乎很忙，在接电话，只对另一个女人摆摆手，用手比画着，示意她安排我进入工位。江小姐大概三十来岁，穿了一套香奈尔风格的职业套，大波浪卷发，擦着鲜红的嘴唇，睫毛膏涂得太厚重，像是苍蝇腿。她的打扮有一股浓郁的港风，我听见她在电话里夹杂着英语跟人说话，她的声音是那种烟嗓，呛染着风情。

我继续被人领着，穿过一阵阵砂轮打磨的声音，经过几道工序的线位，来到一个堆满了铜线圈的位子上。一个女孩在这里低伏着脑袋专注工作，茂盛的头发散开几乎覆盖了整个肩膀。女孩听到自己的名字，惊愕地站起身，她长着一张处女的圆脸，两颊潮红，嘴唇濡湿，上面有淡淡的细须，呼吸浊重。她毛发浓密，腮边都是细密的被汗水浸湿的绒毛，亮黑的眸子闪躲着，有些怯怯的。戴着橡胶手套的手，拇指和食指间捏着一个小镊子。一眼望去，这分明还是个孩子。“你先跟着她学吧。”领着我的女人说，“现在她就是你师傅了。”

我的小师傅。你的样子就像一只受到惊吓的小动物，不安地注视着这个世界。

我的岗位描述叫作点胶，小师傅的则描述为压胶座。在这里，我简要说一下我跟小师傅具体干的是什么样的活。我们手中的这个产品叫作汽车点火线圈。在我看来，它就是一圈铿亮的铜丝拖着一根电话线般的尾巴。小师傅的工作是用镊子把两股铜丝电极压进黑色塑胶的凹槽，摁平，然后卡紧盖子，要求接口要光滑，齐整，不割手。而我的工作就是用针孔瓶把胶水点进接口的缝隙，使之黏合，灌封。程序是，先压胶座，后点胶。

这两项工作没有任何技术含量。我想，这一类的手工操作，以后皆可以由机器人取代。在我没来之前，它们是由小师傅一个人完成的。我的到来，只是协助，以缓轻她的忙碌。她只示范了一次我就会了。然而，也因为手脚毛躁，忘了戴橡胶手套，胶水不小心弄到了手指上，一瞬间，拇指与食指竟黏在一起，用强力拉开，竟扯下食指一块皮来，虽未出血，我还是大叫了一声，引得一堆人望向我这边。

她立即把头凑到我跟前，说了一句：“让我看看。”我忙把手指伸给她看。她那声音，那语调，让我为之一动。我们离得很近，我看见她头顶的发旋，闻到淡淡的头发油脂气息，她轻声地说："要戴手套的，不然，这胶水会伤手。"

我接了点胶的活，她似乎没那么赶了。我们有一搭没一搭地小声聊着天。她是河南驻马店人，只读了个初中。她先跟我说自己二十岁了，见我摇头，后又附在我耳后改口说才满十八岁。劳务派遣公司给的假名叫作严可欣。我笑了，跟我一样，她也是用了别人的身份证。我们加了微信，但我顺手屏蔽了我的朋友圈。我的小师傅，她只比我早来一个月，是老乡介绍她来这家工厂的，这也是她生平第一次出远门。

刚满十八岁，第一次出远门。太像一个故事的开头。开场类似于——那一年。春天。她纯净得像一根骨头，对我一个陌生人说了好多体己的话。第一次见面，她就跟我说父母很早就离了婚，母亲带着她和妹妹一起在镇上生活，家里开了一间小杂货铺。书是读不进去的，所以早早出来赚钱。"我想早点独立"，她跟我说了一个重要的词：独立。

我迅速在脑中搜索自己十八岁的模样，一片空白。毫无头绪。

胡菊芬，胡菊芬，有人在喊我，可是，对于这个陌生的名字，我一时还没有适应。我的小师傅推了我一下，组长江小姐来了，她对小姑娘说，这几天要教会我压胶座，现在人手不够，都压货了。然后又对我说，她不可能专门设一个人去点胶，最迟三天，我要跟师傅学会压胶座。江小姐的港普语气强硬，一开场就宣布我们只是工作的机器。所有关于新人的客套，自我介绍，相关的工作说明一概省略。直接，赤裸，直奔主题。

我要认清的是，来到这里，我就是一个工作的机器。这一点，跟那些工作环境相对较差的工厂并无区别。

点胶的工作非常无聊、枯燥。如果我每秒点两下，那么，一个小时，一个上午，这种关于时间的数学是一串串尸体般的数据。匀速，机械，直至把人变成一个机器。变成一个悲剧。

然而，在忘记时间的真空状态中，下班的铃声响了。

饭堂只有百来人进餐。餐厅里放着轻音乐，圆形餐桌铺着白布，上面放了一丛假花，还有两瓶辣酱之类的调料。有十几桌，放眼看去，好像有几桌坐的是管理层的人，一看，他们的气质就不同。工人们鱼贯而入。菜式分三个等级，八块、十块、十二块。另外还有面食部。你只需把饭卡往不同价位的感应区嘀一下就可以了。打饭的师傅戴着白帽和口罩，依次往伸过去的餐盘里舀菜。我的小师傅嘀了一个八块的：一个水煮青菜、一个番茄炒蛋和一个咸鸭蛋。我嘀了一个十二块的，一个蒜蓉青菜，一个葱爆牛肉。米饭在旁边的铝屉里，随便铲，紫菜蛋花汤盛在白铁皮的桶里，舀的时候，要用木柄铁勺搅一搅。

小师傅打了很多米饭。她熟练地把番茄炒鸡蛋的汤汁淋在饭上，拌匀，然后大口大口地开吃。我其实对肉并没有太大的热情。我把牛肉夹到她的餐盘里，动作不容置疑，不容分说，我执意如此。我的小师傅抬头看了我一眼，知道多说无益，便不再说什么，乖乖地夹起牛肉就吃。

我才知道，从饭卡里省下来的钱，可以去厂区的小便利店里消费，可以买日用品、零食、打折的水果，还有冰淇淋。我知道，十八岁的孩子，她的身体是渴望肉的。

本来想跟她说，她现在正长身体，吃好每一顿饭才最要紧。可是，转念一想，这话似乎过于亲近了，显得有点奇怪。我跟她，不过才认识一个上午。她吃得很满足，唇上全是油光，盘里最后一粒饭不剩。看到她这个样子，我突然隐隐担忧。吃饭的时候，她把带她进工厂的老乡指给我看，那女子大概二十四五岁，白净，小馒头脸，修了两道细细的拱眉，说话娇滴滴的，眼角含春，有媚态。我的小师傅正想跟我说什么，但又一副欲言又止的样子。

下午，小师傅开始教我压胶座。用镊子把两股细铜丝线压进槽里，按平，不允许有一丝冒出槽外，然后把盖子的卡槽套进下面的凹坑里，摁紧，再提拉两下，不松动就可以了。她说话的语气有一种天然的妥协，总是软巴巴地附和。在操作的程序上，我可能跟她有点不一样，她就说："好吧，好吧，你那样子也是可以的。"她从来没有激烈地反驳过什么，一句重话都没有说过。我深深地知道，一种极易受人欺负的特质在她身上彰显着，一看就是从内地初来乍到的乡镇小姑娘，单纯，见识少，土，没有钱，也没有靠山。这个活本来不难，难的是速度。我开始了笨拙的操作，戴着橡胶手套，拿镊子就不太灵活，在按平铜线丝的时候，镊子居然把手套的食指那里戳破了，我拿给小师傅看，她咯咯地笑着，笑得很大声，然后起身去帮我领新手套。

我环顾了一下车间，这里有很多道工序，每个人干的活都不一样，机器在匀速地运转，它发出单一、平缓的嗡嗡声，然而并不算吵，只是，整个车间少有人说话。一片阒寂。一片低伏的头，我想，成为机器的一部分，这里的时间已经磨平了他们身上所有的热情，包括交谈和笑。我的小师傅，刚刚她笑得那样大声，实在是一个少女身上未泯的天性吧。我还看见，带我师傅进工厂的那个女人，她坐在靠走廊那条线位的尽头绕线圈。而江小姐，组长，监工，她站在门口打电话，眼睛不时往车间里面瞟。

即使我是慢手，我的到来，也正在缓解堆货的问题。

那个下午，时间过得很快。我们沉迷于手中的活，晚餐的铃突然就响了。斜阳的光透过窗子，我的小师傅站起身伸了一个懒腰，我跟她说："你头发太多了，披散着像个疯子，扎起来吧。"她咯咯地笑着："不扎，我这大脸盘子要露出来就不好看了。""你怎么老踩着这帆布鞋的后跟啊，好好的鞋，你当拖鞋穿了。""哎呀，你怎么跟我妈一样啰唆……"她这话说完就怔住了，呆呆地看着我。我也怔住了。我惊讶于自己，这么快就对一个人有了亲近感。

晚餐我们吃了白菜猪肉水饺。吃饭仅半个小时的时间，我们就要加班，两个小时，直到晚上八点。我先前待过的那家工厂，晚上加班都要加到九点，我想，普乐厂的工资应该不会超过四千块一个月。我算了一下，我的小师傅，满打满算，一个月到手也就三千多块钱。拿到五千块钱的前提是，全年无休，每天工作十二小时，在那样的工厂，人彻底沦为机器。普乐厂每个月休四天，每天工作十小时，但它每小时的价格比别的工厂略高一些。然而，更多的打工者却愿意去那种全年无休每天工作十二小时的工厂，相比而言，普乐厂的工作太轻松了，拿不到什么钱，这就是它即使工作条件、环境比其他厂好很多却总招不到人的原因。

背井离乡的人，谁去图那个轻松呢？

我的手越来越快了。晚班下来，我们已快要做完堆积的存货。小师傅的宿舍在三楼，她那间住了六个人，因为要等别人先洗完澡，所以，她拉我去工厂娱乐室里玩。我先前待过的工厂除了一间简陋的阅览室外——那里存放着一堆破旧的金庸小说和几本地摊杂志——只有电视厅，零落地坐着几个追剧的人。除此之外，基本谈不上有什么娱乐，当然，那里全年无休，每天加班到晚上九点，筋疲力尽的人，谁还会去娱乐呢。然而在这里，可以打羽毛球、乒乓球，还有电子阅览室，有电脑可以上网，墙上的大电视正播着湖南卫视的剧。来玩的人很多，我们拿了羽毛球拍，来到外面的花坛边，路灯很亮，照得如同白昼一般。

我的小师傅，在她的宿舍里，每天都是最后一个洗澡。舍友都在里面洗衣服，每天都弄得很晚她才能进去洗澡。我非常清楚，她的弱，她的无助。女人往往对女人有着更大的恶意，尤其群居在一起时。那种没来由的、琐碎的恶意很多时候能够摧毁一个人的全部。好在，我的小师傅，她全盘地接受这一切，顺从它，没有一丝忤逆，因此那种更大的伤害并未抵达。

我的宿舍只有三个人，我可以让她去我那儿洗澡。这样，她就可以在十一点前上床休息了。我心里隐隐一沉，有一个感觉很清晰——我要替她解决的，也许还有更多。

谁知，我宿舍的那个女人不允许我带不相干的人进来洗澡。没有理由。我强忍怒火，但又无计可施。我的小师傅已换上便装，正挽起袖管提着塑料桶站在门外。我信誓旦旦拍着胸脯邀她来洗澡，可事情出了岔子，这让我很丢脸。我忽然发现她的两只手腕上全是被蚊虫叮咬的红包，密密麻麻的。我惊呆了，把她拉进屋，发现她脚上也有。她把裤管往上拉了拉，小腿上也有很多。

“你没有蚊帐吗？”

“没有。”

“那你为什么不点蚊香？”

“她们说蚊香熏人，不让点。”

“为什么不买蚊帐？”

“我想着，都已经是秋天了，忍一忍就过去了。”

……

我被气噎着了，一句话都说不出来。这个没用的孩子，这个没用的孩子。见她发愣，我跟她说：“快进去洗澡啊。”我迅疾地转身面向我的舍友，那个女人，她看了我们一眼，正要说什么，我迎上她的目光，做出强硬的姿态。她要说的话终究没说出口。

我忙着拆自己床上的蚊帐。

“她是你什么人啊？亲戚？老乡？”女人不屑地问我。

“不是，我第一天上班，她是带我的小师傅。”

“跟你没关系？”

她才十八岁，还是一个孩子，第一次出门在外，宿舍的女人欺负她，我希望她少承受一点这个世界的恶意。

女人盯着我的眼睛，几秒钟后，她说：“别装了，你有什么企图我不知道，但我可以肯定最大的恶意一定来自你。”说完，她拿出打火机，熟练地点烟，然后跟我说：“我不喜欢跟人同住一间，你最好搬走。”

这话听着倒是应了我心中的疑惑。我一直疑心女保安如此好心给我安排这间屋子是有缘由的。这里面的纠葛我不太想明白，也压根不好奇。但我还是有些恼怒，针锋相对地说：“我在附近有房子，完全可以不住这里。倒是你，喜欢一个人住，那就去外面租房啊，蹭什么单位的宿舍？”

这显然激怒了她。我打了个手势表示不愿意争吵。但没用，她骂骂咧咧，脏话连篇。我只好偷偷打开手机录音。蚊帐拆好了，我的小师傅挽着湿头发从洗手间出来，感受到现场的气氛，一脸惊愕。我卷起蚊帐，拉着她往外走，在门口，我转头对着那女人打开了手机的录音，说要把它发在车间的微信群里。女人从床上坐起身，追出来骂我。可以想象，她真的气得发疯。

我们上了三楼，把蚊帐系好。我看见那间六人的宿舍，别人的床都系着粉的、紫的、提花的纱帐，装扮得很温馨，床上有小风扇、花被、荷叶边的枕头和柔软的毛巾毯。唯独我的小师傅，一张裸席，一条起球的旧腈纶毯，枕头是她的一件外套。她好像是毫无准备地从家里出来，又倔强地不愿意回去。

我只得回家睡了。翻来覆去地寻思，她身上一定没什么钱，否则不会不买蚊帐，她出来之前是不是跟家里人闹了别扭？我觉得，我不可以再继续帮助这个孩子了，她在外面所承受的一切，皆是她人生的必经之路。她得自己面对。把心一横，关于工作之外的一切，我将概不关心。

翻看手机，我被拉进了车间的微信群。

四

三天后。我一大早打完卡来到线位，发现小师傅不在。

我没有多想，低头压胶座。大概一小时后，小师傅红肿着眼回来了，她的身后紧跟着江小姐。很明显，我的小师傅哭过了，是被江小姐训哭的。我看着她，一副孱弱无助的样子，一副没用的样子。江小姐看着我们："压个胶座，我不可能放两个人的，你——"她指着我的小师傅说："你最终还是要去做产品检测。"说完，一脸嫌弃地走了。

我的小师傅一大早就被叫去做产品检测。一个小时，她的手指被电多次，她说她很害怕那个机器，心突突地跳，人非常紧张，她那蠢样子被身边的江小姐看到，招来了一通训斥。

我已经很熟练了，两个人压胶座，如果手快的话，就会出现等货的空闲。小师傅压低声音在我耳后说："慢一点，千万别让江小姐发现我们在等货。"我一惊，这才是让她去做产品检测的根源。一旦我顶上了压胶座的线位，她就得去新的工序岗位。我的小师傅，她这么聪明，一定很清楚是因为我的到来，她才不得已要去那该死的检测线位。

点胶的时候，胶水糊住了针孔，我起身去换针头。间或去茶水间喝水，再上厕所，所有这一切，我只是想拉慢进度。但是，这终究不是办法，江小姐在车间来回巡逻，她长着一双可怕的鹰眼。我到底怎么做才能让小师傅避免去检测线位的命运呢?

只有我去了。是的，我去的话，小师傅就能留在压胶座的线位。可是，我不是打定主意让她直面自己的命运吗?她应该要自己解决人生的困境，不是吗?

我想起那十八岁的泪水，那红肿的眼，那被人践踏的毫无尊严的少女之心，心里一阵难过。如果她的母亲知道那个女人毫不留情地吼哭了自己的孩子，也会难过的吧。

就这样，我们小心翼翼地把控着进度，平静地过了四天。这期间，我得知，我的舍友，那个女人，居然主动邀请我的小师傅去宿舍洗澡。我大为震惊。随后我又隐隐约约听说，这女人跟厂里的某管理人员有染，所以有恃无恐，加之其性格霸道，难缠，人皆怕她。宿舍的另一个女工，也被她赶出去了，所以那间宿舍只是她一个人住而已。这女人曾激起我的胜负欲，我本不想轻易认输，一直想找机会治治她，但忽又听说她对我小师傅如此的态度，就释然了。

也许，一个强势的人听说一个弱小者被欺负了，也难以袖手旁观吧。我的这位舍友，别人口中的坏女人，仔细琢磨起来，倒还是有几分意思的。

至于那个女保安宿管，根本就是把我往火坑里推，她安排我住进宿舍，我最终能不能待下去，已经跟她无关了。在这个地方被人摆了一道，我又憋了一口气，好难受。我惊讶，原来我竟是如此受不得气、吃不得亏的人。

如果我太深入在一个事件里，一个私人恩怨属性太强的事件里，似乎就偏离了我来此的意义。然而，这一点，我好像很难避免了。我为自己感到羞愧。终究，我这种人，是很难去练就一副铁石心肠的。我已经深入进去了。

检测的那个线位原本有两个人，最近有一个辞了工，现在那里也是货堆得厉害。我得空去试了几次，它是检测线圈是否通电。原理我没弄明白，操作起来，需要用手把线圈的两个电极放置在一个仪器的中间，当它触碰到电极的时候，会发出啪的一声响，类似触电一般，有这声响就表示合格。但如果手指没有及时撤离，就会容易被弹到，这个工作要把握的只是一个动作的节奏，如果掌握好时间差的话，其实也很简单。

起初，我的手指也被打了好几下，并不疼，只是有点麻。但是，猛一被打，就会心慌，老是觉得那个咬人手指的东西在那里等着你，犯怵。如果身边还站着一个人催逼、监督，那恐怕会更加手忙脚乱。可以想象，我的小师傅那战战兢兢的样子，她畏畏缩缩，在一声声呵斥中惊慌失措的样子。还有，她流着眼泪被赶下线位的样子。

随着“啪啪”的响声，我站在那个线位就没有再离开了。那里的空气有一股电石烧焦的味道，竟十分好闻。慢慢地，我可以跟旁边的那个女工一样，坐在凳子上操作了。我跟那个女工一起操作，竟形成和弦般的美妙旋律，此起彼伏，你来我往。她的“啪”声比我的好似高出一个音阶。

而我的小师傅，又陷入了压胶座、点胶的忙碌中。但我知道，她反而乐意待在那里。因为，在工作的十个小时中，不论在哪个线位，你都不可能偷懒。在那里，她得心应手，心无旁骛，不会有突如其来的呵斥给她带来惊吓。

那几天，我睡得很好。我想，她也是。

五

成为胡菊芬已经十来天了。但我还是没有办法融入这个角色。我依然是作家塞壬，会被旁逸斜出的枝蔓所吸引。更可怕的是，我泛滥的同情心，它干扰着我客观的视野。

可是，面对一个弱者的困境，我无动于衷，那不是更可怕吗？

“我觉得你不像是一个打工的，你什么都不怕，你连江小姐都不怕。你好像是因为一个什么理由很短暂地待在这里。”

我的小师傅在吃饭的时候突然说出了这样的话。她察觉到我跟别人不同。

在水槽洗碗的时候，我隐隐听到她的舍友在嘲笑她用肥皂洗头，说她只有两条内裤，一条洗了没干，没的换，只好把穿过的那条翻个面接着穿……肆意的笑，虽无大的恶意，但还是让人心生不悦。所有的，都指向一个事实：她手上没什么钱了。我还知道，我的小师傅从来没有吃过早餐。

车间有几个女工加了我的微信，我很好奇，这些人加我是什么意思呢？果然，是为了说闲话。闲话就是八卦，无非男男女女那点事。其中包括我被霸道的舍友，那个坏女人从宿舍赶了出来。言谈间，说到大家很为我不平，但我听着，感觉这些话的语气里都透着看热闹的兴奋。俗世的无聊场景本就如此，我只得故作恼怒地附和了一番。但是我又听到一条让我震惊的八卦，厂里的保安队长，那个三十八岁的老男人在打我小师傅的主意，半夜请她消夜，送小礼物献殷勤，不避人。“小嫩雏，哪个男人不喜欢呢？自家黄脸婆没的比。”话说完，紧接着是一串无耻的浪笑。我见过那男人，满脸横肉，鼻孔粗大，酒色财气都沾，跟女人说话嬉皮笑脸。我深知这类垃圾的德行，那羊羔般的猎物，我的小师傅，她才十八岁。

忧心忡忡。这些说八卦的人没有一个人为那孩子担忧。我们的周遭，充满了这种麻木而冷血的围观者。

有些话到了嘴边不知道如何开口。非亲非故，过于热心肠显得很奇怪。我慢慢打听到，工资要月底发，还有十三天。权衡良久，我用微信给她转了三百块钱，她回复了一个问号，我支支吾吾地用一个搞怪的表情包遮掩过去，没有解释。她很倔强，没有收钱。在我反复的追问下，她才告诉我，出门带了两千块钱，被老乡姐姐借走了一千五。老乡姐姐，就是那个修了两道细拱眉的女子。

徘徊。惆怅。我要不要去暗示一下那位老乡姐姐呢？

车间又新来了一个年轻的女工，她被分到了小师傅的线位顶了我先前的岗。我一下子紧张起来，因为我知道，那个线位始终只能定一个人。三四天后就会……

下了晚班，我请小师傅去小便利店里吃冰淇淋，我心事重重。小便利店放着小提琴曲，轻快、明亮的旋律在脑中映现出阳光下的河流和开满野花的堤岸的画面。眼前的这个十八岁的少女，正是如此明媚地绽放着。她的双眼没有一丝荫翳，仿佛那些正在逼近的危机从来就不存在。我欲言又止。我深知她真正的忧虑。这个巨大的存在，这个扼人咽喉的、令人窒息的恐惧感，我和她，如何能绕过去避而不谈？

“你想说什么呢？”她问。

作为女工胡菊芬，我的确没什么要说的。胡菊芬，跟那些冷血的围观者没有什么区别。

“如果我哪天离开了，你一定要好好保护自己。”

“我知道你不属于这里，你不像是在这里打工的人。能遇到你我就特别感激了。”我看见她眼里有泪。我只得别过脸去。

这很像告别。我不知道为什么突然说出了告别的话。也许，真到那一天，我说不出口吧。

六

四天后。江小姐裙子的一角出现在我的视线里。我抬起头，正对着她那张颐指气使的脸。她要求我一个人去顶压胶座的线位，我的小师傅、新来的女工来做检测。我很惊讶，露出疑惑的表情。

她们年轻人要熟悉这里的每一道工序，以便平常应急顶缺。这话没对着我说，但似乎是回应了我。

一直担心的事，它终究还是来了。我平静地跟江小姐说，我过几天就辞工，想回老家办点事情。我知道，只要我辞工，我的小师傅就不会被调到检测的线位，那么这个危机至少可以缓一缓，直到她发工资，直到她的境况开始好起来。我不希望，所有的不幸都同时挤在那个狭窄的人生间隙，去压垮一个孩子。

我能做的，好像只有如此了。虽然它如此无力。

江小姐立即表现出令人难以置信的表情，她好像在赔笑，是的，真的是赔笑，她笑起来法令纹很深，看上去又老又丑。“不是吧，辞工？你再好好考虑一下，我们可以给你假期的，还是不要辞工的嘛。”

我很坚定地告诉她，真的是要辞工。她不再挽留，敛了笑，露出凶相，昂起头，蹬着高跟鞋，气咻咻地走了。

真的到了该告别的时候了。我一共待了十七天。

这么说，是无意间，女工胡菊芬撞进了一个场景：一个十八岁的少女从河南驻马店跟随她的老乡来到东莞，进入了流水线的车间。她的身份证押在劳务派遣公司那里，用了一个假名，她先是被老乡讹了钱，然后备受舍友欺凌，在异乡，没有钱，只得苦苦硬挨。她还受到老男人的骚扰，更重要的是，工作岗位的随时变更给她带来种种不适。她在这里的每一天都岌岌可危。

作为女工胡菊芬，她可以对这一切无视，但作为作家塞壬，她似乎做不到。然而，我毕竟只是一个过客，像这样的女孩子，被重重危机包围的女孩子，普遍地存在于这人世间。我微薄的施援解决不了根本问题。所有的困境都需要这个女孩自己面对。这是她人生的必经之路。

一位编剧曾经这么说过，写主角光环并不是说当主角在危急关头，突然天降神力，有意外之手去刻意帮助主角化险为夷，这是大忌，真正的主角光环应该是靠自己的意志和能力去克服它、战胜它。

显然，对于这个女孩子，我如果再帮下去，那就是意外之手了。我一边跟自己说，放手吧，塞壬，放手吧，一边又忍不住做最后的盘算。

我找到了那位妖里妖气的老乡姐姐。虽然我的动机莫名其妙，令人疑惑，师出无名，但我也只得硬着头皮说清意图："你作为严可欣的老乡，把她带到东莞来的，她才十八岁，出门在外的，你难道不应该照顾好她吗？"

话里话外，我的语气有问罪之意，我是有点心虚的。老乡姐姐一脸蒙，她问："你说的是喻琼吧，她怎么啦？"

原来我的小师傅真名叫喻琼，我把喻琼的重重危机讲给她听，没想到，老乡姐姐竟大笑起来："危机？舍友又没有整她，讲几句闲话就危机了？你太小看喻琼了，这丫头心气儿高，不肯低头，没有钱？她服个软跟她老娘开口啊，我这里要发工资才能还她钱。保安骚扰她？我看，是那个保安被她耍得团团转吧。”说完，老乡姐姐再次爆发大笑，这次笑声里充满了对我的讥讽。

可是，我心里那一根紧绷的弦却倏地断掉了，干净利落。我长长地舒了一口气，通体舒畅。原来每个人对危机的定义是不一样的。真好啊，是我认知的偏差也好，是喻琼给我制造的假象也好，都不重要了。重要的是，塞壬，你这十七天介入了一个事件，深入了一个人，在这碎片一样的人生间隙里，你的血一直是热的，你心系着一个陌生人和她的命运。

我真的不需要去实证什么。无论我再一次深入哪一个群体，哪一个事件，哪一个人，我永远面对的只是我自己，我的主格永远在场，我会发出声音、阐明立场。哪怕只是冰山一角，我也力图表现出它的丰富和鲜活的内质。最大的危机只能是，一个灵魂干枯的人，一个血液里再也激不起风暴的人，一个不再有爱的能力的人，正在沦为这个世界的围观者。

日结工

一、早上七点，长东路

我在摄影师阿兵的照片中发现了日结工这个群体。阿兵时常在清晨抑或是傍晚一个人骑着单车沿着长东路一路拍下去。彼时的长东路是嘈杂混乱的，人群仿佛从地上突然长了出来，蘑菇一般，迅速塞满了街边的角角落落。卖早点的不锈钢餐车一字排开，那是一种人工改造过的电动三轮车，车头驾驶室的玻璃上贴着黄色的“早点”二字，下面并排贴着微信和支付宝的收款二维码，掉了漆的破旧煤气罐立在车轮边，车托装了一个不锈钢灶台，锃亮的钢板上抠了一个圆洞，炉子就嵌在里面，一口烫面的大铝锅冒着热气，人们排着长长的队。三五成群的人或蹲或站在街边吃着早餐，他们不交谈。远远望去，黑压压的人头攒动着，形成模糊的黑影。巨大的沉默凝在被切断的空间里，那是一种无论怎么喊都喊不破的巨大沉默。画面非常震撼。密密麻麻的人勾着头，捧着白色泡沫碗，他们几乎要把脸埋进碗里，看不见表情。更多的人只是等待，有人蹲在路边抽烟，几个人围成一个圈，缩着背，肩胛骨高耸，腰间露出皮带和半截皮肉。黝黑的中年男人穿着条纹T恤，在人群中四处张望，仿佛是听到有人在喊他的名字。他卷起了裤腿，露出结实的小腿肚子。妇女们穿得花花绿绿，她们体态臃肿，姿色褪尽，有着粗壮的短脖子和一张扁平的宽脸。她们拎着筒状的便当布包，腕上戴着有黑色泥垢的绞丝银镯，看上去更像是结伴去赶集。文着大花臂，挑染着金发的男孩穿着紧瘦的牛仔裤也站在路边，他们戴着耳机，穿着人字拖鞋，三三两两，眼神散漫而颓落。几辆大巴停在路中间，小货车、小轿车早已把路面塞死。人在缝隙里流动。从这些照片里，我感受到某种暗涌的令人不安的焦虑情绪。一种你无法介入，你隔在镜头外，你属于另一个世界的疏离感向我挤压过来。这是一个陌生的世界。

这是早上七点的长东路。日结工。

去年，我在东莞流水线的无尘车间待了四十天，写下了非虚构作品《无尘车间》。我素来对写这些群体有一种天然的警惕。对于创作者来说，猎奇和探秘的心态都容易使其滑向投机的深渊。同时，一种可怕的道德绑架也会无端地伴随而来：关注民众的生存状态才是一个作家的良知体现啊。我对铺天盖地的“这样的写作才真正是令人钦佩”的说辞感到烦不胜烦。这就好比一个演员的台词功底不需要恭维一样，这只是一个作家基本素养的一部分。我更担忧人们对作品的关注仅仅是出于社会意义的层面。在我看来，这些都没有进入文学的内部。诸多的因素在影响着我，此外，一种所谓正确的写作意图有意无意地侵扰着我。尽管如此，尽管如此，我还是不顾一切地斩断诸多噪音的纷扰。我依然要写——日结工。

我实在不能接受我被隔离在镜头外的那种疏离感。明明，我们就是活在同一片天地的人。明明，我的堂兄、我的婶娘、我的表弟就身在其中，我在那些照片中看到了相同的脸和相同的表情。明明，我也曾身在其中——可是，从什么时候开始有了这种疏离感？从什么时候开始我成了另一个世界的人？看到那些照片，我忽然发现，这个群体离开我的视线已经很多年了。现在，对于重新成为他们这件事，我丝毫没有思想上的刻意调整——完全不需要过渡——而是一种立即、马上、本能的反应。无须心理建设和情感酝酿。这让我有一点惊讶。老实说，骨子里我其实并没有活成让自己讨厌的样子。但我要先把一个问题悬置起来：写作和去做日结工这两者最终会是一种什么样的关系？先不必带着动机和目的，或者说，在既有的设定下，它会是一种干扰。就这样，我心无挂碍、一身轻松地让阿兵带我入门。微信里，他说，明早六点五十分，长东路见。

已经有很多年没有在六点半之前起床了，我竟一夜未眠，有些微的兴奋和一种莫名的期待。此时是七月下旬，天亮得早，六点四十，我打摩的到了长东路。如果不是亲眼所见，很难相信这个时间点，长东路竟然人声鼎沸。我一路过来，街边都静悄悄的，风长了脚，无声卷走路上的细物与轻尘。人和车稀少，白天市井的车水马龙、喧嚣仿佛被空气吸走了似的。商铺、饭馆、茶楼、银行、超市都没有开门，几个清洁工在扫马路，笤帚一下一下划过路面的声音非常清晰。不远的广场上，有晨练的老人在打太极拳。城市还未真正醒来，几缕朝霞寂寥地悬在天边，太阳还没有露面。风掠过街边大叶榕的树梢，传来阵阵清凉。摩托车突然加大油门，呜的一声，惊起路边一只流浪猫，它仓皇而逃。啊，这净朗、清明的夏日之晨，我是全然辜负了多年。著名的美泰玩具厂也在长东路，美泰依然还有四千人之多。然而，它的打卡时间是七点半，那么眼前这满街的人，没有一个人是属于美泰的。早起的人，所为何来？

手机响了，阿兵问我人在哪里，我说在美泰的正门。他说看见我了。一抬头，一个骑着自行车，单手举着相机的中年男人出现在我面前。这条街，他拍了十几年。

我见识了一种前所未见的拍摄方式：把镜头对着人群拥过的闸口，不用对焦，不用构图，入镜的是什么就是什么。他跟我说："不必带着个人的观看方式，不必干扰影像本身，这就是我拍的长东路。"

我笑而不语。这跟我先前的想法不谋而合。但我还是反问了一句，这种不动脑子的拍摄，傻子都会，那还需要才华干什么？答曰："那些，都得在真实的表现力面前让位。"

街边的小贩，工厂岗亭的保安，穿橙色背心的清洁工，士多店的老板娘都认识阿兵。我惊讶不已。他们微笑着点头相互问着早安。更让我惊讶的是，阿兵跟这些人是一体的，完全没有隔阂感，他并不是成了他们，而是，他就是他们本身。明明，他跟我一样，在镇文化系统工作。我看了看自己，素颜、马尾、蓝格子短袖衬衫、牛仔裤、运动鞋，这是我最朴素的装扮了，毕竟，我是离了裙子、细高跟鞋、口红、香水就无法出门的女人。可是，我到底是什么地方出了问题？

两千多人撑起了长东路这片日结工的市场。算下来，这个市场也有十来年了。阿兵把自行车支在一排共享单车的旁边，然后带着我去买早餐。他指着一个不锈钢餐车跟我说："那是你家乡的热干面，在别处可是吃不到的。"我不屑，在广东，哪里会有真正的武汉热干面？他见我不信，努了努嘴："你试试就知道了。"

耳边支付宝、微信付款到账的声音此起彼伏。"五块钱。"我跟卖热干面的老板娘隔着很大的雾气。雾气中，一只手伸出来把一碗面递给了我。没有桌子，我跟阿兵端着面，边走边吃。他带着我向路边的日结工中介走去。

在广东二十年，我吃过许多次热干面，一律地，他们用花生酱取代了芝麻酱，萝卜丁有偏甜的口味，光这两点就直接让我放弃了。此外，他们用炸豌豆取代了碾碎的熟花生米，辣椒酱是一种红色的糊糊，而我们的辣子是油炸过的干籽，极香。我只能说，广东的热干面是另一种面，跟我们湖北的毫不相干。可是，在这匆忙仓促的行程中，我追赶着阿兵的脚步，跌跌撞撞，一口下去，味蕾深处的记忆却被唤醒了，一下子回到了二十年前。芝麻酱，咸萝卜丁，黄瓜丝，炒香的花生仁碾成的碎末，还有深褐色的油炸辣椒籽——每一个细微的元素都丝毫不差，包括加了两匙大蒜水和半匙胡椒灰。我必须停下来，蹲在路边，我要用湖北人的方式蹲在路边吃完这碗面。

我竟不知阿兵拍下了这一幕，他嬉笑着说："大作家，这张照片的标题我已经想好了，准备发朋友圈。"我用眼神示意他不可。他会意，蹲下来跟我说："你在东莞工业区是可以吃到正宗的武汉热干面的。柳州螺蛳粉也是，酸笋的臭味比别处的要浓烈，要冲得多。毕竟这种地方各省份的打工人相对集中。"想来，我是第一次在工业区吃早餐吧。一碗面，阿兵用筷子卷了几卷，张开他的深渊巨口，四下就吃完了。他告诉我，这条街有四个规模大一点的中介，今天带我去见榜哥，榜哥是一家日结工中介的老板，他们认识多年了。我瞥了一眼他的相机，他把它贴近地面，一堆形态各异的脚，各种表情各异的鞋，男人的、女人的、脏的、干净的，都无差别地进入镜头。我从未看过这样的影像，直接、裸裎。密密麻麻的脚在路面上交错，行走、站立、疾奔，流水一样。前面走了一批，接着又有新的一批填进来。它们的表情就是人的表情。我发现，这里面所有的脚，每一只都是平等的。它们奔赴相同的目标。

七点。我站起身，街上是密集的人群，黑压压一片，如果航拍，那应该很是壮观。阿兵带着我在人群中艰难地穿行，人声嘈杂，他提高了嗓门大声跟我说，现在是暑假，学生工太多了，平常没有这么多人。他又指着两辆大巴车说，这是陈太包的车，每天往深圳的工厂送人。陈太是这条街最大的中介。可是，我踮起脚尖，伸长脖子依然无法看见陈太，里三层外三层的人群把她围得严严实实。阿兵说："陈太每天往工厂送四五百人，暑假期间只会更多。她从不缺人，你已中年了，又是新手，她未必肯要你。"

这话太残酷了，让我大为受伤。去掉作家的光环，我裸身进入劳务市场，待价而沽，但中介眼中的我却是：生手，中年妇女，瘦小，戴着眼镜，没有任何技能还一脸茫然。跟别的普工相比，我毫无竞争力。一丝悲凉掠过心际：这才是最真实的我。我不能一厢情愿地认为作家身份是对一个人价值的加持。如果写不出作品，我跟劳务市场上的普通日结工没有区别。

因为同为女性，我对这位纵横在这条街十几年的老太太充满了好奇和某种莫名的敬意。第一天，虽然带着遗憾从她的身边走过，但我还是频频回头。几天之后，我独自站在她的面前要求一份工作，这位六十好几的老太婆眯着眼睛打量着我，只扫了几眼，就大手一挥，用不耐烦的声音说道："我这里没有你合适的活，人都满了，你到别处看看吧。"说完，立即掉头不再看我。她生得结实健壮，穿一件改良的蓝花旗袍，烫着短发，虽然脸都松弛垮塌了，却文着两道生硬的黑眉，涂着鲜红的嘴唇和指甲，说话有不可一世的气场。果然，在她眼里，我是个废物。我像一粒尘埃那样被她毫不客气地拂落在地。这更加印证了我先前的判断。在我做日结工的历程中，我跟这位陈太没有产生交集，因为我根本无法靠近她。尽管如此，我对她的敬意犹在。她只是遵循了日结工市场的用工逻辑。

阿兵把我带到榜哥面前。榜哥正忙着安排人上车，他也包了两辆大巴前往深圳。"这是我的老乡，想在你这里找个活干干。”阿兵向榜哥这么介绍我，榜哥把目光投向我，继而又转向阿兵：“对不住啊照相佬，这段时间都是暑期工，不要说你老乡了，就是跟了我多年的老员工我都安排不上。”他见阿兵面有愠色，于是着急地解释：“我没骗你，你看看这满街的人，这么多学生娃，工厂也是有名额的，真塞不进去啦。”榜哥挺着硕大的啤酒肚，他只是站在那里，却仿佛后面有一个无形的靠背似的，再加上他那濡湿的厚嘴唇和焦灼的豹环眼，这些表情加重了他的无奈感。看着他的样子，阿兵也只能笑一笑作罢。最终，我加了榜哥的微信。榜哥郑重向我承诺，有活第一个通知我。

阿兵说：“既然出来了就不能白来，我带你走走长东路吧。”

这就是日结工生活的地方。三百米的长街，大大小小的劳务中介店面一家挨着一家，简陋的小旅馆，外面挂着大大的招牌：有空调 Wi-Fi，大床，五十元一晚，普通房，二十元一晚。美乐园成人用品店、情趣生活馆粉红色的招牌，围着一圈蓝紫色的霓虹灯，气息暧昧，大门紧闭。一家很大的网吧，外墙贴满了炫酷的卡通游戏海报。厚厚的棕色皮帘子垂着，上面钉满铆钉。网吧二十四小时营业，本想掀帘子进去看看，到底是什么样的人在网吧彻夜不归，可一伸出手我却又迟疑了。文身美甲、洗头坊、按摩沐足、艾灸姜疗、子宫卵巢保养、痔疮专科、性病小诊所等小店充斥在街道里面更为幽深的小巷子里。时间还早，几乎没有人，穿堂风从身后追过来，把我们从这条赶往另一条。我熟悉这样的小巷子，这让我想起二十年前租住的广州石牌村。再往里走，就是本地人的农民房，自盖的两层楼，围起的小院子，外墙的下沿是绿茵茵的苔藓和被雨水侵蚀的黑色霉斑，本地人在九十年代中期就住进了集体盖的小别墅，而这些农民房就出租给外来工。青石板路，沁凉的树荫底下，飘来阵阵四季桂的花香。走着走着，忽见一枝开得如烈焰般的三角梅探出头来，又见一株大如伞盖的细叶榕旁有一口水井，这井，家家有，水泥砌的小池子里放着拖把和塑料桶。屋前屋后的排水沟做得齐整，有污水从沟底的滑苔流过。再往前走，就到了旧祠堂，如今是老人的棋牌室。阿兵说："塞壬，你要想写好日结工，最好也在这里租一间房子跟这些人住在一起。单间房，一个月两百块。"

这些房子阴森森的，破旧的深宅大院，屋顶的华丽纹饰油漆剥落，仿古的翘檐，正面有厚重的两扇木门，铜环锁，青石门槛已被踩出锃亮的包浆。据说，为了好租，里面的房间都隔成了小间。一种全新的生态彻底替代了原住民的传统景观——说替代不对，应该是一种融合。这旧村，外地人住在这里也有二十多年了吧。阿兵拍这个旧村多年，他熟悉这里的每一条小巷，记录了这个移民群体的生活。这里住着工厂的打工人、快递员、日结工、送外卖的，还有小摊贩、跑货运的司机和一些无业者及身份不明的人。这是全镇最便宜的出租屋，租户舍不得用自来水，大多打井里的水喝。他们没有冰箱，夏天就把西瓜扔进深井里，傍晚再用桶吊上来。很少有人装空调，客厅里装有一个大大的吊扇。这里的生活还保持在上世纪九十年代初期的那个状态，阳台上装有接收信号的卫星电视锅。时光在这里停滞了，它仿佛被一层结界裹住，不再往前走。心里寻思着，我什么时候过来看房子呢，也租一间，邻居最好是日结工。不觉，我们已经走了出来，老芒果树下有一个卖馒头的小摊，竹匾里的馒头用白笼布盖着。阿兵上前打招呼，摊主是一个秃顶的河南大叔，穿了件白色跨栏背心。他在这里卖了十五年馒头，还是一块钱一个，没有涨过价。

我对暑期工很有兴趣，问阿兵如何才能接触到。他说："这个很难讲，你在八月中旬之前未必能搵工成功。你得天天过来看，脸皮要厚，见缝就钻，兴许有机会。”目前，日结工是每小时工资十四块，包两顿饭，每天工作十一到十二个小时，当天用微信结清工资。因为这是旺季，用工需求大。很多工厂把暑期工的价格压到了八块钱一小时，他们是通过职业技术学校输送到这里的，你拿什么跟他们抢？

“如何做到脸皮厚？”我好奇地问。

“你径直上车，然后赖在上面不下来。要是有人赶你走，你就卖惨说家里上有老下有小，大哭哀求啊。”

我摇摇头。至于做到这个地步？那似乎太刻意了，而且，吃相难看。

“你知道什么样的人才会选择做日结工吗？”他自说自话，“五十岁以上，工厂不要的人；不想学技术，无老可啃，只想混日子的懒汉；有小疾，不能长期做工厂流水线的人；小学文化、文盲，没有任何技能的人；有社恐有性格缺陷有交流障碍的人；轻微智力障碍者；对人生丧失希望，遭遇重大打击的遁世者。”之所以会有日结工的存在，是因为工厂旺季要赶工，交货时间紧，他们就干脆把前期的货物配置、后期包装这种毫无技术含量，但又要耗费大量时间的工作承包给劳务中介的日结工来做。这样，工厂就可以赶上进度了。

没有日结工，东莞整个制造业是无法想象的。它像是修补了整个产业链中的一个小缺口，当然，现在的日结工正在演变成更为强大的外援（我后面会讲到）。工厂不可能专门为了产品包装去招工人，招了人就要买社保，就要提供住宿。此外，旺季一过，你还得黑着脸辞退这批人。当然这还只是假设，真相是，真要招人，工厂在短期内根本就招不到这么多人。

日结工，是一个双向利好的存在。但日结工是一个比工厂正式的合同工更边缘、更底层的一个群体。日结工，给走投无路的人一碗饭，给他们一个缓冲、不求人的生活依靠。即使你年过五旬，即使你大字不识，即使你没有任何技能，它都一样向你敞开。它是自由的，没有契约，没有甲方乙方，不用请假，想做几天就做几天，今天在这家，明天去那家。那些闲不住、身体健康的中老年人非常乐意做。尤其是中年妇女。其实——六十岁的年纪在如今看来，也没那么老啊。

我瞪大了眼睛。只是旺季才需要日结工，那日结工常年都有的做吗？会不会断炊？阿兵说："整个东莞制造业的门类非常齐全，每个行业的旺季时间不同，如果不是暑期工拥进来，你一样会是抢手的工人。在平常，没有哪一家中介每天能如数往工厂送人的。”

可是，等到我抢手，那得是八月十五号之后，孩子们都陆续回学校了。我还得等二十来天吗？我开始焦虑起来。

我们往回走。时间已是七点五十分，阳光透过头顶的树叶漏下来，路面有斑驳的光影。长东路人已散尽，美泰厂的工人已经打卡进了厂。清洁工正在路边用铲子往翻斗车上装垃圾，洒水车唱着歌一路欢快地开过。八点，街面干干净净，像是被施了魔法一般，仿佛什么都没有发生过，没有留下一丝痕迹。两边商铺的卷闸门次第打开，哗啦啦，哗啦啦，长东路迎来了它崭新的一天。

二、在暴雨中上车

第二天一大早，我就直奔榜哥的集合点。我喊了一声榜哥，他抬了一下头，假装没有看见我，然后背对着我核对人员名单。接着，他高举着一个小本本，向散落在台阶上、花坛边、商铺墙根下的暑期工大声喊：“电子烟厂的，音响厂的，登记了登记了。”瞬间，我被一群穿白色运动校服的学生娃挤到外围，再也无法靠近。最后我踮着脚跃了几下，确认没有机会，只好离开。

我只得去别家寻找机会。往东走一百米，看见一群妇女站在一家中介的集合点等待，那一瞬间，我仿佛找到了同类，满心欢喜，一路小跑，迅速融进去，成为她们的一员。阿兵曾告诉我，这家中介也是四大中介之一，老板姓蒋，声誉也不错。他家包了一辆中巴车和一辆电动三轮车专门接人。

我问旁边一位穿碎花衬衫的女士："今天有活干吗？"

"有啊。"她一副讥讽的口气，"八块钱一个小时，你干不干？"

我做出吃惊的表情，表示这个价格难以接受。我把头探向中巴车，车已满座，年轻人交头接耳，嬉笑打闹，车厢内嘈杂声一片。一个中年男人在车里登记名字，挨个扫微信码。末了，他跳下车，朝着妇女们喊："要不要上车？可以挤一挤的，过道里我们可以加塞凳子。"

"要不要上车？你，你，要不要上车？"他微笑着，用眼神跟妇女们一个一个确认。

我正欲上前，却被一只有力的大手拽住，回头一看，是一个年纪稍大的大姐。她一脸愠怒。

"别去，八块钱一个小时，别给他干。"

"对，别去，别开这个头。瞧把他们给惯的。"一旁的妇女们附议。

中年男人依旧是笑着的："徐姐，暑期是这样的啦，价格压这么低，我们也没有办法。你们闲着也是闲着，那还不如……"

"十二块，最低十二块吧。"徐姐据理力争，但语气上显得怯懦而无力，甚至有央求的味道。

"没的谈。车要开了，你们走不走？"

我看了看眼前的九位妇女，她们年纪大概在三十到六十岁之间。在中年男子那句"没的谈"之后，她们全低下了头，神色黯然。有几个妇女抬起头，却欲言又止。我知道，八块钱一个小时，这个价格挑战了尊严的底线。我太熟悉那样的表情了。尽管如此，她们依然没有一个人妥协于这个价格。学生不同，他们是职业学校接洽过来的，有实习的性质。一时间，有一种复杂的情绪把我给绊住了。我处于无措中。

于我而言，即使是白干我也是乐意的。更何况，还能接触到我感兴趣的暑期工这个群体，这是非常难得的机会，甚至是唯一的机会。但如果这个时候，我不顾一切地一个人上车，无疑，我就成了这个联盟中的叛徒。

这个联盟，从我融进她们之中的那一刻就建立了，从徐姐一把拽住我的那一刻就更为稳固了。如果我上车，那就破坏了她们苦苦坚持的价格尊严，劳动的尊严。如果我真的那样做了，一种负罪感会一直笼罩着我。我了解那个感觉，既熟悉又可怕，它让我厌恶自己。它会全面毁了这次行程，让一切都变得没有意义。更可怕的是，只要我踏出那一步，一定会有别的妇女亦步亦趋，蜂拥而来，一定会。我深知她们已经动摇了，我深知这场坚持本身的脆弱。现在，就差第一个率先做叛徒的那个人出现了。那样的话，除了双重的负罪感，整个事件也走向了悲哀的层面。不，现在就已经很悲哀了。

我犹疑的表情可能成了出现突破口的暗示。中年男子把目光专注于我："你走不走？"

"我不走。"我轻轻地说出。清晰而坚定。

中年男子姓蒋。因为这场际遇，我对蒋生种下了很不好的印象。尽管，他遵循的也是日结工市场的内在逻辑。相比陈太大手一挥，不讲情面地残忍拒绝，蒋生的这种力图打破人心防线的劝诱做法让我——呸！

我依然每天准时在早上七点出现在长东路。一周过去了，我还是没有找到活干，仿佛此行的目的只为了吃一碗那里的热干面。第四家中介我也去了，老板姓莫，本地人，他只接固定的几家工厂的单子，手上的工人都是跟了他多年的熟主顾，没有暑期工。我第一次见到他，他坐在办公室沙发上抱着一根大竹筒抽水烟，也许是一口吸大了，所以表情有点狰狞，问我话时，我看见他嘴里镶了几颗金牙。

“首饰厂的挂货你干过没有？”我摇了摇头。“电子烟厂的注油你干过没有？”我又摇了摇头。“我这里十二块一小时哦。”我说没有关系，给活干就行。

他站起身往门外走，用广东话叫了一个女人的名字。那女人应了一声，老莫说：“你们加个微信吧，有活干就通知你。”女人凑过来，我把微信码递给她，她低声跟我说：“现在不缺人，过一个星期会有的，你等几天吧。”我心里想，过一个星期，到处都缺人啦。通过了，女人的微信名叫木阳光。就这样，莫家我是搭上了，只是也得等。老莫给人的印象是一个纯粹的生意人，在不缺人的时候，他也不放过任何上门来咨询的生手，嘴里的一套说辞仿佛是电脑输进去的程序，毫无表情，像一个机器。

又过了两天。那天一大早，突降暴雨，仅十几分钟，很多路段就开始积水。我只能叫了滴滴打车，七点整，我到了长东路。彼时，长东路已经淹了，水没过了脚踝，人们蹚水而过。尽管下着暴雨，两边商铺的屋檐下还是站满了瑟缩着的人。这样的大雨，即便是打着雨伞也会全身湿透。榜哥那里，两辆大巴依然爆满，我还是插不进去。路过蒋生，我迟疑了一下，但还是没有停留。陈太那里，远远望去，一堆黑压压的雨伞在攒动。我只好径直往老莫的档口走。路面的水不深，未及小腿，雨伞几次被大风掀反，身上已没几处是干的，木阳光看见我，眼中露出惊喜的神色。她向我招手，我顿时心跳加速：这么多天了，我还是第一次收到中介向我投来期待的目光，莫非……

老莫也打着伞站在暴雨中，见我来了，他一把拉住我："快，首饰厂，就你了。"我来不及收伞，他就把我往旁边一辆小车里推，见我后背湿透，他迟疑了两秒，然后说了句："好吧，今天算你十四块啦。"说完，他重重地把车门关上。

仅仅几秒钟。不容分说，这一串操作就几秒钟。我被塞进车里。暴雨中，我们省略了很多枝蔓，暴雨中，这位莫老板给我的工钱开到十四块一小时。因为这场暴雨，我第一次成了日结工。车里坐了五个女人，木阳光开车，我们要前往新安工业园的一家首饰厂。我急于想知道的是，老莫给车上的这几个女人开出的是什么价格？他仅仅只是临时起意给我一个人涨的价吗？

三、做日结的第一天

车一路顶着暴雨在街道上飞驰。我打量着另外三个女人，她们皆五十上下的年纪，面目黧黑，颈粗腰圆，眼神灵活多变。在这样的暴雨天气中，她们准时在七点出现在长东路。我是一个捡漏者。因为这场暴雨，有人没有如期到场。我听着她们的交谈：今天要去的是一家全新的首饰厂，以前没干过，不知道活儿好不好干。我还得知，如果在五分钟内干不好，工厂可以当场把人赶走，并通知中介领班，然后你自己花钱坐车回家。木阳光是我们这五个人的领班，这家首饰厂她先前干过。一上车，我被拉进了一个微信群。老莫是群主，微信群只用来领取日结工资和接收老板的用工信息。

也就是说，一到线位，五分钟内必须得拿下那个活。“拿下”是指速度和质量，这两个指标要达标。

两个女人在吃早餐，吃的是红糖馒头，一个馒头足有二两，她们每人吃了两个，还喝了一盒伊利牛奶。馒头是拿在手上撕着吃的，边说着话边吃，竟很快就吃完了。这四个人是相熟的，想来一起共事很久了。我觉得无须刻意上前攀谈，倾听也很好。听见一人说上一家做的是印刷厂的图书包装，做了半个月，总算完结。老板居然舍不得开空调，光靠头顶几个破吊扇在那里转，吱吱呀呀，常有蛛网般的线絮往下掉，到了下午工作间热得要死。所幸活好干，坐在那里给书套袋子、封口。老板也不催速度。不料另一个女人打断她，说她的那个工位在角落，风扇的风吹不到她那里，后背对着外面的铁门，人都快烤熟了，旁人那些工位哪里谈得上热，矫情！话刚落音，她就被两个女人愠着脸反击："是你自己抢着要坐在那里的，怪谁？你就往传送带放放书，这活本来就比套袋子要舒服得多，至少不用整天低头，还可以挺直腰板把腿伸直……你后来不是跟老板要了一台小风扇吗？……便宜都被你占尽了……"

这谈话妙趣横生，我抿着嘴笑。礼节上，我用眼神跟她们做着简短的互动。我惊叹其中琐碎的细节以及微乎其微的优劣点竟被算计得如此精细——能吹到风、挺直腰、伸直腿都是干活争夺的点。因是陌生人，她们都没有主动跟我说话。我看着她们手中提的圆筒便当袋，于是问道："你们是自己带饭到工厂去吃吗？"木阳光回答我："你是第一次来我们公司，没来得及告诉你，工厂有食堂，要自己带碗筷和喝水的杯子。”见我无措的样子，那三个女人连连劝我：“没事，没事，食堂旁边都会有小卖部的，可以买一次性塑料碗，一块钱。”她们的笑容友好，带着一种已经正式接纳我入伙的信任表情。心头一暖。我本不害怕被孤立，可是真有人主动靠近，我是愉悦的。

雨停了。车只能开到停车场，可进工厂还要走一百多米，路面已积了水，我们只能蹚水而过，所幸水刚及小腿肚，我们几个互相扶着，小心试探着慢慢往前挪。几处井盖往上翻涌着巨大的水花，陈年的腐渣、脏物漂在水面上，我们还看到一只死猫。到了工厂大门，早有一位中年女管事候在那里接应我们。我们急于寻找水龙头冲脚，因为有一个女人说脚丫子痒得要命。她坐在台阶上，用手指抠她的脚丫缝。我看了一眼，那是一双很大的脚，弓形，黑糙，老硬，指甲泛白。她的脚丫感染了，破了皮，露出血淋淋的鲜红的肉。我扭过脸去，忽然想到自己常备着免洗抑菌的酒精凝胶管，便拿出来递给她，她抬头看了我一眼，然后龇了一下牙，想必这个时候，任何人看到酒精也会在第一时间联想到那即将面临的剧痛吧。几声惨叫过后，我们随女管事进了工厂。

她要把胶管还给我，我推辞说：“你今天一天都要用到的。”她收下了，笑道：“我姓罗，加个微信吧。”我欣然应允。她年纪比我大，身上透着在这个行当摸爬滚打留下的极为精明的圆滑历练。

我竟不知，除了我们五个，还有别的中介也送了日结工进来。也有暑期工。车间不大，一百多平米，三条作业线，我们二十几个日结工站成三排，等待安排分工。突然，我感到衣袖被人轻轻拉扯了一下，一回头，是站在后排的罗姐，她对我使眼色，又摇摇头，我很诧异，但又不懂她是什么意思。没有机会明说了，很快，我们依次进入了线位。最后，我看见她跟我隔着一条线背对着我坐下了。我的右手边是木阳光。每两人一组，我跟木阳光是一组。墙上的挂钟，刚好指向八点整。

活非常简单，就是把一对耳钉固定在打了孔的纸板上。我在商场的橱窗上见过展示出来的钻石耳钉，炫目高贵，难以亲近。仿佛它有自己的灵魂，独自散发清冷的光。它们就是这样固定在一个小小的纸板上，纸板的反面有一个金属扣，它紧套着耳钉的针。它们静静地躺在酒红色金丝绒布景的玻璃柜中。而现在，几十斤重的耳钉散装在一个巨大的马粪纸纸箱里，被两个年轻男子抬进我们的线位。女管事拿着一个黄色的塑料铲子，像铲豆子似的，把耳钉铲起来分给我和木阳光。纸板是高级的布纹纸，浅紫色，有暗纹，摸起来有凹凸感。上面有一个银色的品牌标志，一只浮水的天鹅，我认出，它是世界著名首饰品牌施华洛世奇的标志。原来，这工厂是为施华洛世奇代工啊。我得感谢自己曾在珠宝界混迹多年。施家的首饰以水晶及人造宝石为主。耳钉是用锆石做的，用了钻石的切工，流光溢彩。我拿起一枚耳钉仔细观察，中间是一颗豆大的锆石，它粘在一个银质的花托上，四周又围了一圈小锆石。熠熠生辉，高贵典雅，外观上，跟钻石毫无二致。然而，它们装在臭臭的、用马粪纸做的纸箱里，它们被塑料铲子铲出来，被堆在车间杂乱的长条桌上。这世界著名品牌，此刻在这里，如同廉价的白菜、一堆尸体，甚至跟一枚螺丝钉没有区别。

这个活不至于担心在五分钟内被赶走。最初紧绷的那根弦总算松懈下来。把耳钉穿进纸板的小孔，然后在背面套紧扣子，无限重复同一个动作。女管事在线位的过道里巡逻，她冰冷的声音在车间里不停环绕："加快啊，等着出货，加快加快。"一片低伏的头，鸦雀无声。我注意到三条线的活不同。罗姐那条线在给首饰盒贴椭圆形的不干胶防伪标签，那标签上印有：Made in China。活都很简单，即使是六十岁的人来做，也毫无压力。

我忘了时间。我成了一个真正的工作机器。等忽然意识到身体有某种不适的时候，我才发现，线位的长条桌下面塞满了存货的纸箱，我的腿不能伸直，而塑料圆凳又很硬，我只得把腿横向伸开，想舒展一下，不料我触到了木阳光的腿。她也横向把腿伸开了。那一瞬，我们相视一笑。随即，我缩回了腿。

我理解了其中分毫的得失算计。在持续三小时、五小时、八小时、十小时的劳作里，不能伸直腿简直是活受罪。那种不适，那种憋屈，时刻让人处在将要爆炸的临界点上。好在，车间是开了空调的。我索性站起了身，右手抓了一把耳钉，像攥着一把瓜子似的，一粒一粒往左手的纸板上钉。这算是出格的举动，女管事从我身边走过却没有说话。过了一会，她叫了两个男孩过来，让他们把我跟木阳光桌下的纸箱搬走，然后很客气地低声跟我说：“这下，你的腿总算可以伸直了。”她的脸上有嘉许的微笑，目光温柔，我错愕不已，一时不知如何回应她。末了，她转过脸对木阳光厉声斥道：“你得加快了，两个小时上了三次洗手间，还经常偷看手机，这样下去，还怎么做得完？”

车间很安静，我想，她的这句话所有人都听见了，一时间，四面八方的目光齐刷刷扫过来。这分明是一种公开的羞辱。木阳光翻了一个白眼，恨恨地把手中的纸板往桌上一扔，她动了动嘴唇，只得低下头去加快手速。可是坐在她的身边，我竟然不知道她上了三次洗手间，竟然不知道她在磨洋工，我意识到，两个小时，我旁若无人，一干到底竟自没有抬头。我不能这样傻傻地去做一个优秀的工人，我是作家塞壬，我此行的目的是观察与体验。一激灵，我清醒过来。果然，骨子里，对于任何上手的工作，那种不懈怠的劲是刻在我 DNA 里的。

十点半，休息十五分钟。

罗姐朝我走来，她拿着水杯，示意我进茶水间。

“我本想让你往后站跟我一组的。”她说，“可是已经来不及了，你跟着那个女人一起干活会吃亏的。她偷奸耍滑惯了，以前还跟工厂的管理干过架，被人抓住在厕所抽烟玩手机。”

原来木阳光这么坏啊。我抿嘴笑了。是那种无处不在却让人无比讨厌的品性吧，虽不是什么大恶。她这样的人，曾多次出现在我的同事中，我的亲人中，与我萍水相逢的陌生人中。谁的一生能避开这样的人呢？我年轻的时候总喜欢跟这样的人针锋相对。后来，再吃到这种亏，我选择接住它，稳稳地接住它。罗姐见我不以为然，有点着急了，她说：“等下趟活重新分配，你跟我站一起吧。”我又笑笑，忙说好。

这是一管酒精凝胶结的善缘吗？显然是。但又不完全是。

罗姐告诉我，这家工厂的活好做。有空调，有十五分钟的中场休息，喝的是饮水机的桶装水，没有没收手机，还可以偷偷聊天。就是不知道饭堂的饭菜如何。她悄声叮嘱我，明天还来这家，记得紧跟着她就行了。我会意，深知今天能来纯粹是因为捡了暴雨的漏。罗姐的话语里透着一股笃定的、决定要罩住我的威严感，我得顺着竿子去领她这个情。我环顾了一下人群，问道：“车间里也有工厂的正式工吧？”罗姐说：“中间那条线全是。”“那三个男孩呢？”我假装漫不经心地问。回答说：“他们是学生工。”

哦，有三个学生工。我要如何靠近呢？他们在木阳光的右手侧，靠墙。我跟他们还隔着四个人。

外面过道的拐角，站满了吸烟的男人，他们刷着抖音，用手机外放音乐。这些正式工在隔壁的车间，他们是真正制造首饰成品的人。他们穿着工厂的蓝制服，脚上，一律是灰色塑料拖鞋。中年男人皆皮肤黝黑，头发油腻，沉默，表情阴郁。好几个年轻人，染着夸张的发色，耳廓戴着一圈耳钉，手上皆有奇怪的字母纹饰，一副不良少年的做派。女厕所只有三个蹲位，需要排队，轮到我的时候，我看见垃圾篓里扔满了女人用过的卫生巾，它们吸饱了血，累累血块，赫然入目。

对我来说，这中场休息的十五分钟更像是一种自我出离。我在想，我沉迷于这机械的手工工作，竟忘了此行的目的，这本身就是一种真实。这种真实其实包含着我对这个每小时收入十四元的工作的尊重。我接受了这个价格，就应该全力以赴。不管是出于什么目的的懈怠，都是一种品行的卑劣。

时间到了，我们挨挨擦擦地走向各自的线位。那三个学生工一路从走廊的那一头追赶着跑过来，一路欢笑，进了车间都没能刹住步子，他们喘着气，趿拉着的拖鞋传来清脆的声响。我们已经就坐，他们得从我背后那条窄道进入线位，我微微往里欠了欠身子，把凳脚翘起来。我看到一个男孩纵身一跃，稳稳跳进自己的座位里。啊，整整一个上午，这是唯一一丝快活的空气了。

纸箱里的耳钉只剩小半了。午饭前可以做完。我看着身边的木阳光，她一副蔫巴的颓态。这女人四十上下年纪，头发烫着小卷，在后脑勺随意抓了个松松的矮髻，她保养得很好，皮肤匀净，尚有水色，杏核眼，偶尔有一丝忧虑的神情。每每要张嘴说话，上唇先尖起一个角，不过，常常是一地的酸话。

“你发现没有？这里的女人都长得丑，只有两三个勉强能看。”她用手肘触碰我，低声道，“对面那个女孩，中场休息的时候还去化了个妆，狐媚子，原来是知道副总要来。”我循声望去，她口中的副总，是一个穿着白色亚麻中式衬衫，戴着紫檀手串，胸前挂着一枚西藏天珠配饰的中年男子，他寸头，山羊须，愠着脸，紧闭着唇，像一尊雕像正杵在车间正中间。这类烂大街的文艺气质装扮出现在工厂显得特别违和。

对于女人打扮的目的就是为了勾引男人的逻辑，我倒足了胃口。我没有意愿去跟木阳光讨论这个无聊话题。我们毫无对话基础。我想整个儿地屏蔽她。不再为她浪费一滴笔墨。可是，那个副总果真走到了对面那女孩的身边，他躬下身子，跟女孩头挨头，随后就传来女孩阵阵娇嗔的抱怨。人群熟视无睹。想来司空见惯。木阳光再次用手肘碰我，我还是没有理会。

我所不屑的、不愿正视的，总是会当着我的面现场上演，仿佛是专门为了嘲笑我。木阳光赢了，这让人倒足胃口的逻辑总是会赢。我熟悉这俗世无时无刻不在上演的恶心桥段，在国企，在南方写字楼的职场，在我多年漂泊的流浪生涯，在小镇文化单位的办公室，在世界工厂的流水线车间——避无可避。耳边总是传来人们压低声音的窃窃私语，那种对肮脏风月之事的兴奋总是惊人地一致。

我以为他只是一个监工。然而木阳光却意外地卖力起来，她加快了手速，也坐直了身子。我瞟了她几眼，这可真是一个充满了文学趣味的人啊，她身上有太多戏剧性的点，要素过多。副总转到我这条线，他从我身边走过，我闻到一股熟悉的香水味，一股淡淡的地窖里烂红薯的腐甜气息，正如很多网文里常会写到的：无辜，“钓系”，遗世独立的疏离感。它唤作：冥府之路。这是去年网红李佳琦直播带货的爆款。太骚了，我笑出声来，脱口而出：冥府之路。那人猛地扭过头来看着我，我只得仓皇低头。犯了大忌。塞壬，此刻你是日结工黄红艳。

他在我身边站定。我感到靠近他的那半边身体已经僵硬。他轻轻叩了两下我的桌面，说道：“你过来。”然后扭头对着木阳光说：“午饭前你把剩下的做完。”我只得站起身跟在他的身后。木阳光气得脸都变形了，她咬紧了后槽牙，要知道，她要独自完成剩下的那部分，相当于整个上午处心积虑占的那点小便宜都白费了。

副总又叫了我那条线上的两个男孩（学生工），我们三人一起被安排了新活：往首饰盒上贴条形码。这码，用微信一扫就可以看见相关的产品信息。条码贴在蜡质的黄色底纸上，卷成筒状，要把它揭下来贴在首饰盒上。技术要求是，要贴得方正，不能歪斜，且方向不能贴反。两个男孩把首饰盒从箱子里倒扣在桌上，整整一版，四十八个。我试了一下，条形码太黏了，揭下来粘在手指上，松了这个，粘住那个。正不知所措间，只见那副总“啪啪啪啪”一摁一个，一摁一个，像插秧似的，不，像发扑克牌似的，瞬间按满一排八个。方方正正，不歪不斜，干净平整。漂亮的活计！我在心里由衷赞叹。那两个男孩目瞪口呆。

他右手的大拇指，只轻轻一捻，往盒上一摁，又顺势往右一抹，压平。稳得跟机器一样，不出丝毫差错。能做到这种程度当然是无数次操练的结果。我看着他手把手放慢动作教其中一个男孩。还是歪了，男孩沮丧不已。一旦贴歪，这个盒子就废了。因为它不能被重新揭起，一揭就会撕裂首饰盒的原皮。他站在我身边看着，我连贴废了四个盒子。我更慌了。忽然头顶飘来一句话："知道'冥府之路'的人果然是干不了这活啊。"我怔住了，不知道如何回应这嘲讽，只觉得火烧到了耳根。他又说："宁可慢一点，也不要没对准往上摁。"说完就转身离开了。这话是对我们三个人说的。

总算放过我了。一小时后，他又转到我身边，我已经能稳稳当当贴好这条码了。这原本是一个多么简单的活啊，他的那句嘲讽，虽然有调侃的意味，可还是伤害到我了。像这样不留情面的当众嘲讽无异于打耳光。好歹，在那个世界，人们会尊我一声塞壬老师。可惜的是，为了干好这活，不落人口实，我竟没有跟身边的学生工聊上一句。就这样，午饭的铃响了。

饭堂在对面的六楼。我跟木阳光拾级而上，她听见副总嘲讽了我，所以喜笑颜开。"幸亏你碰到的是副总，他人很好说话。要是碰到老板，他会直接把你赶走的。"一个人的幸灾乐祸是藏不住的。罗姐不吃食堂，自己带了饭菜，她跟另两个带饭的女工一起在车间吃。如果自己带饭，老板就每天补贴二十块钱。为了二十块钱，每天至少要早起半个小时，甚至更早。当然，自己带的饭菜也更可口。罗姐把保温饭盒揭开给我看了，底下是饭，还是热的。炒了芹菜香干，几片腊肠，一小块豆腐乳，还卧了个荷包蛋。可是，晚上要九点半下班，她就要撑到那个时候回家吃晚饭。而我们晚餐的时间是五点半。二十块钱，它那么重。

中午吃饭时间只有半小时。食堂的菜很好，分餐制，两荤一素，紫菜蛋花汤，米饭，不限量。各人从消毒柜自取不锈钢餐盘，我打了小鸡炖蘑菇，肉炒蒜苗，清炒佛手瓜。我身边的男人吃得呼哧作响，我刚坐下片刻，他的盘子就见底了。木阳光在抱怨爬六楼太累，没有电梯，饭堂没有空调。总之，她一直噘着嘴。

“我明天不来啦。”她突然说。

“为什么呢？我觉得活很好做。管得也没那么严。”

“我呢，是帮老板开车送人的。车是我自己的，每天接送人到工厂，一百块钱。这个月打麻将输得太多，又闲着没事干，我才不是专门做这个的。明天把位子留给你吧，早点来。我不靠这点钱。”

这话听着，简直是她施舍了我似的，心中略感不悦。转念一想，今天我是一个暴雨捡漏者，如果我真是一个靠这份工活命的人，这的确是一个很大的施舍。要知道，受暑期工冲击，很多人根本找不到活干，即使找到，价格也压低了很多。

“你第一天来，老莫就给你开到十四块钱。知道为什么吗？”

这也正是我疑惑的地方。

“因为老莫烦透了罗姐，罗姐有十几个人，她们共进退。她们对工厂挑三拣四，动不动就威胁说要去别的中介，还吵着要涨价。老莫不敢得罪，所以想多开发一些新人。你不要跟罗姐走得太近了。”

原来如此。我还以为在暴雨中，一个可怜的中年妇女为了生计全身湿透打动了老板；我还以为在暴雨中，有人及时填补了人手的空缺，老板一高兴随即大发慈悲。都不是！我真是可笑至极。那么从这一刻起，我将坚定地跟罗姐站在一起。我跟资本家共什么情呢？所以木阳光的恩惠，实际上是在代替老莫笼络。

原来东莞日结工的行价是每小时十四块，深圳是十六块。木阳光告诉我，等暑期工一走，北方进入麦季，人手短缺，一些中介就会被迫把工资涨到十五块。她看了我一眼，轻蔑地说：“十五块是给三十五岁以下年轻人的。你，还是十四块。”这句话的深层意思是，罗姐这么厉害，也是十四块。

第一天，我就闻到了呛人的“宫斗味”。只要有人的地方就无法避免人事的冲突与争斗。我已经入局了，能做到置身事外吗？我只想做一个观察者。或者说，我同时也在观察自己。我突然莫名地兴奋起来，仿佛一场大戏已经拉开帷幕。可是，我绝无可能忠于老莫，即使他给我开到一百块钱一小时，我也会离开。我的目标是，四家中介，挨个走遍。

我以为我进入的是另一个陌生的世界，其实不过是从那一个场来到这一个场而已。人性互斗的烦恼，无处不在。

还有十分钟。芒果树下，一个学生工跟一个女孩紧紧贴在一起。男孩从背后抱住女孩，手伸进她的T恤里，握住她的胸，下巴搁在女孩的肩膀上。闭目，旁若无人。女孩穿着露脐牛仔热裤，她有麦色皮肤，厚唇，漆黑的大眼睛，臂上文着一只红色的蝎子。阿兵跟我说过，暑期工多是各地的职业技校生，言外之意是，他们并非什么品学兼优的大学生。上午，两个男生一直在低声说话，皆男女之事。他们哧哧地笑个不停，那笑声里些微的拘谨压着外溢的放浪，透着一股初尝男女欢事的愉悦。说着开房，以及更大尺度的自吹和相互鄙薄。毕竟是荷尔蒙泛滥的年纪啊，脸上有青春痘，刮得很干净的小短须，眼神清澈。我先前预设的，勤工俭学，去工厂磨砺，去为新学期挣一份礼物给自己的那种学生真的只是想当然？不过，那两个男生活干得漂亮，边说笑边贴，眼快手快，效率在我之上，以此来判定他们就是品行不良似乎武断了些。

打铃了，散落在四处角落休息的工人缓缓站起身，一个个颓然地朝大门方向走去，进入车间。一回头，木阳光从后面追赶了上来，她竟涂了莓子色的口红。难道是下午又有什么人要来吗？她满面春风，刚去茶水间给她的菊花茶续了热水。这个女人，真有意思，自己做着日结工，骨子里却瞧不起这份工作。她有非常清晰的自我意识：她跟罗姐不是一个阶层的人。当然，跟我也不是。

枯燥的贴码让人生倦，我连连打了几个哈欠。有那么一瞬间，我突然疑惑地问自己：我这是在哪儿，我为什么会在这个地方？抬眼，正午的阳光从窗外直直地照射进来，有人把窗帘拉上了，空间大，空调很吃力，左右摆动的扇叶子呼呼作响。条码贴完了，我被安排去刷胶，跟罗姐排在了一起。首饰盒里面要刷满胶水，然后再把一块天鹅绒布粘在上面。胶水是一支锥形的笔，握住它，直接在盒里涂抹。整整一下午，我们干的活，跟糊火柴盒差不多，非常简单。

罗姐见我不停地打哈欠，说：“这家工厂的时间安排不妥当，最好是取消上午和下午的中场休息，把这半小时挪到中午，这样中午有一个小时，我们就可以眯一会了。”

“可以要求厂方做出调整吗？”我问。

“当然可以了。厂方这么规定只是为了方便工人们吸烟。但我们日结女工居多。”她笃定的语气让我确信，这位罗姐是一个小帮派的老大。她有雄壮的腹背，粗黑的胖膀子，行动敏捷，眼神灵活。

“我去给你泡杯茶吧，提提神。”一会，她端了一个搪瓷茶缸过来递给我。我揭开盖子，一股咸菜味扑面而来，这缸子是罗姐装菜的，边沿还磕了一个口子。我皱起眉头，陈年绿茶，粗梗，老叶，没泡开，浮在面上。我何时喝过这么劣质的茶叶啊，还是咸菜味的。可是，她这么满怀期待地看着我，这么大的善意与诚意，无论如何，我要大喝一口才能对得起这样的注视。我吹了吹浮沫，毫不迟疑地喝上一大口，有点烫，但我的表演是及格的。她欣慰地笑了。

我告诉她食堂的菜不错，足实，能见肉，值十块钱。她说那就从明天起吃食堂，早上还可以多睡半小时。她顿了顿：“你明天要早点过来，我带你上车。”我本想告诉她，木阳光已经答应把她的位子让给我了，但隐约觉得这里面有一股淡淡的火药味。再者，如果明天我有机会去别的中介，我就不会再来这里。

副总加入了干活的行列。我觉得最可怕的监工是：他本人也参与工作。他带来了鲇鱼效应，搅动了池水，所有人只得跟着他的节奏快速运转起来。

突然，有人大喊："糟糕，这下完蛋了。"我们惊得停下手上的活，朝那个声音望过去。副总已经走到那人身边，问清了原委。原来是把两种首饰盒混在了一起，可是外观上它们一模一样，要分开得揭开盒盖查看里面不同颜色的天鹅绒。这得一个一个地揭开才行。可是这首饰盒盖得很紧，揭开的时候有股吸力，重新盖上又有股气压。五筐，大概有几千个。那人解释说，是昨晚夜班的人弄混了。头疼的活啊。

于是我跟罗姐被抽出来分拣盒子。我们俩面对面蹲在地上揭盖子。我拿着两个分拣好的盒子端详起来，心想，既然是装不同的产品，外观怎么可能是一样的呢？我翻来覆去地看，终于看见那段英文说明的最后一段标有 S925 的字样，这是银饰品的标志，对，它是用来装银饰品的。文字非常小，密密麻麻，除了我，谁会去看这段英文呢？

再也不用一个一个地揭盖子了。可是，我如何跟罗姐解释这一点呢？告诉她我懂英文？告诉她我懂银饰品的标志？我一直以为，在这样的地方，文化、知识是没有任何用处的，贴标签、刷胶、套袋，这样的手工活需要文化做什么呢？不，完全不需要。记得以前我有过一次类似的经历，当时我在一家印刷厂切纸，一周过后，厂里要求交一份工作小结。就因为这份手写的工作小结，厂里的行政部突然找到我，要调我去办公室编辑厂报。当时还感叹过，我怎么在这种地方也能脱颖而出呢？那是因为作家塞壬以写作，这可耻的动机，潜进了工厂，她才有这种脱颖而出的可能。这毫无代表性。

我并非要重申知识改变命运这类正确的废话。而是我意识到，在这里的每一个人都已然被限死在他们的命格里，根本无从改变。已然中年了，命运之河已把人淹到了水中央最深处。再说一句废话，但凡有别的选择，人们也不会来到这每天工作十二小时、时薪十四块钱的工厂。反过来说，正是这样的工厂，给了太多人依靠与拯救，它给出了一碗干净的饭，不会断炊的饭。

我看到这里面有一种牢固的双向奔赴。我从来不认为每天晚上九点下班，一百六十八元即时到账，买半只烧鸡、拎一罐啤酒，哼着歌子走向出租屋的人毫无幸福可言，当一种选择是人生的上限，即使在他人看来是如此卑微寒碜，但对于他们来说那已经是能挣到手的最好人生了。所以，塞壬千万别自以为是地去同情谁，更不要想当然地以为谁活在苦难中。平视，是唯一的尊重。

我这样的人出现在这里显然是一个错误。此刻，我只能假装什么都没有发现。我蹲在罗姐对面，默默地揭着盖子。可是，我找到了提高效率的法子，硬生生憋着一个能让自己吸引众多赞赏目光的意念实在太难受了。我原本就是一个好大喜功的人啊，从来就不会放弃让自己出风头的机会。唯有这次受了阻，才真切地照见了我这么个人。我的确不具备这样的美德——

我终于忍不住了，起身走向副总，低声告诉他我发现了两款首饰盒的细微差别。那人惊得半天没有合拢嘴。反正他已经知道我识出了“冥府之路”，也不介意让他再知晓我识出了银饰标志。他没作声，把罗姐叫走了，只留我一人在那里分拣盒子。隐约感觉到，他拿眼角余光扫了我几眼。

三点半，中场休息。

罗姐再次把那带有咸菜味的茶缸递给了我。茶已凉透，我灌下两大口。她看着我欲言又止，我莫名心虚起来，疑心她已看出分拣盒子的端倪。我只得回避她的目光。但她还是开口问了，她问的是，副总是不是邀请我进工厂当正式工？

我没有想到会有此一问。原来工厂看中一个日结工是可以向他发出邀请的。严格来讲，这是对与之合作的中介商的一种背叛行为，是违规的。但此刻，这绝妙的梯子及时地递过来，我刚好可以顺势爬下，我忙撒谎应道："对，对，他是邀请我了，可我没有答应。"罗姐舒了口气，叹道："如果还年轻，谁会拒绝去当一个正式工呢？不过，做日结相对自由，想休息也不用请假。"我的拒绝显然让她很满意。毕竟我还是跟她站在了中老年人这一阵营里。我们相视一笑。

瞬间的照亮，让某种微妙的小小戒备开始出现松动。

外面走廊的窗口边，站满了吸烟的人，一些人在刷抖音，我瞥了一眼，开着美颜的网红，穿露乳沟的低领衫在直播，各种手机外放音乐混在一起，却有一种意想不到的颓废效果。也有很多人趴在桌上闭目小憩，这疲乏困倦的午后，摊晾着人们被生活"毒打"后的无精打采。我打开微信，群里有十五个人，木阳光是这十五个人的领班，罗姐的小帮派就在这个群里，其中有一部分人去了另一家工厂。我发了一个一百块的红包，并附言：第一天做日结，请各位多多关照。

我这一举动后来被摄影师阿兵形容成"炸鱼行为"。第一个抢的是木阳光，她抢了八块，紧接着是罗姐，她抢了十二块多，老莫居然也抢了。然而还有九个人没抢，我想，这个时间点，他们在别的工厂无法看手机。车间有人休息，木阳光本想尖叫，但最终还是忍住了。她把嘴唇张成O形，睁着大眼睛，难以置信地看着我说："抢到了一笔巨款，谢谢老板。"说着双手打躬作揖。罗姐着急起来，她说抢这么大的红包不好意思，连连说要把钱退还给我："这哪行啊，你这样大半天就等于白干了。"我突然意识到，一百块钱，在这样一个群体中依然是有一定分量的。至少没有人无缘无故地把它当红包发出去。二两的红糖馒头一块五一个，一大碗炸酱面五块钱，炒素粉三块钱，大肉包子一块钱，豆浆五毛一杯。我早就忘了，一百块钱可以买到这么多东西。他们是连午餐晚餐二十块钱都要想办法省下来的一群人，我就这么轻易地把一百块钱发出去了。

先前，我还在疑惑，为什么我看着他们，觉得自己像另一个世界的人？我分明在心里跟他们是融在一起的，我分明一直觉得自己是身在其中的。可现在我明白了，我已然从各个层面脱离了这个群体。我仅保留了情感上的认同。

上完厕所后就打铃了。我重新回到了刷胶的线位，罗姐在我的下手开始往盒里贴天鹅绒布。那位副总坐在第三排，他在往圆形盒里装戒指，海蓝宝、碧玺、粉晶的四爪镶钻戒堆放在他手边的纸盒里。他的手指上下翻飞，还喜欢翘起小拇指，光是看他干活就很赏心悦目。这些像是玻璃假花般的戒指，一旦别进这酒红色天鹅绒小盒的暗钩里，瞬间就有了一股你高攀不起的气质，熠熠生辉，像是被擦得发亮了一般。正如在商场华丽的橱窗中看到的——施华洛世奇专柜，国际著名品牌——跟你隔着冰冷的距离。可是，现在我就这么目睹它们待在这粗陋的手工作坊里。

因为他在，我们聊天的声音小了很多，甚至不太敢聊。突然，从门外跑进来一个男童，孩子咯咯咯的笑声太响亮了，像色彩斑斓的泡泡一样，弹得满地都是，又像是来自遥远的天堂。他手里挥舞着一个奥特曼玩具，显然后面有人在追赶他。这无疑给这沉闷的空间吹进一股清新的风，太治愈了，这笑声，这猝不及防的闯入，让人微微一震，心眼像洗过一般，清爽了许多。

追赶孩子的是一个中年男人。孩子跑到副总跟前抱住他的大腿喊叔叔，他的额头全是汗，喘着气问副总知不知道他的奥特曼叫什么名字？副总轻声地说：“乖，别吵，叔叔在工作呢。”中年男人喊来女管事，强行把孩子拉走了。随后，门外又进来了五个人，一个老太太，一对中年男女，还有两个少年。中年男人从旁边拉了几条凳子，他们一并坐在副总旁边，开始干活。我看了一下，这几个人手法娴熟，都是好手。

鸦雀无声。门外过道里，孩子奔跑着欢笑的声音渐行渐远。

晚饭的铃响起。罗姐她们三个人一直要撑到晚上九点半下班回到家后才能吃东西。我心里很不安，不安到自己的晚餐难以咽下。帮着订三份外卖？不不不，我在红包问题上已经令人匪夷所思了，不能再做奇怪的事情。刚刚，微信红包被抢光，人群骚动，有五个人要加我微信好友。我突然想起，因为低血糖，我的包里日常备有花生牛轧和巧克力。我也常在遇到陌生小孩需要安抚的时候拿出来。我有一个印象深刻的记忆，我的婶娘，她有腿疾，走路一跛一跛的，她简直就是一个活在世上的天使啊。她特别疼爱我们这些鼻涕孩。她那魔术般的口袋里总装有炒花生、炒蚕豆，还有水果玻璃糖，只要看到我，她就掏口袋，把东西拿给我吃，只为看见我的一张笑脸。偶尔，只是偶尔，她的口袋里什么也没有，她会把布口袋翻开来给我看："喏，今天是空的，我的儿，今天啥也没有。"看着我失落的小眼神，我的婶娘就一副很抱歉的样子，她抱歉的样子很美很优雅。见我没哄好，像是马上要哭了，婶娘竟难过起来，于是她吃力地蹲下身来抱住我，连连说莫哭莫哭喔，下回有下回有。我深知，这一细微的举动能够带给人温暖与安慰，屡试不爽。我忙把花生牛轧和巧克力拿给罗姐，口中却说出极陌生极世俗的话来：“今天第一次做日结，希望今后罗姐多罩着我。多谢了。”我要让她觉得我这是拜码头的意思，是一种行业里正常的礼尚往来。自然，不突兀，有眼力见，是个上道的人。一股悲伤涌上来，原本只想做一个好人的，竟需要用表演庸俗来掩盖。

木阳光对于罗姐她们硬撑到九点半才吃饭的事表示不能理解。她抛了一个轻蔑的眼神。用她的话说，没人逼她们呀，自己做饭不要成本？起得早睡得晚不值，抠门也要找对门路，榆木疙瘩。

她直言快语，针针见血，但也不是毫无道理。我甚至疑心自己的关切是不是有点过度了。她们天天耗在一起，明争暗斗，见惯了彼此的脾性与做派，所以才熟视无睹。这才应该是最为正常的相处与反应吗？

“你知道吗？下午进来的那个人就是老板，后面那五个人全是他的家人，丈母娘，小舅子夫妇，还有两个小侄子。他们只要有空就到工厂帮忙。”木阳光说，“这家工厂只需要我们干一周时间，太狠了，全家出动，连老太太都上了，赶着交货呢。”她再次跟我说明天不来了，这样的工作氛围根本无法摸鱼，连聊天都不可能，活活坐死牢，难受。

木阳光在我的文字里，只能充当一个工具人，她的身上真的一点光彩也没有。但凡能够占一点小便宜的机会，她都必然不会放过。每一次中场休息或者是下一场开工，铃声停了，她都慢慢吞吞的，是最后一个走进车间的人。

我潜进过许多工厂，但像这家为了赶货，出动了家人，甚至包括老人和孩子的，我还是第一次碰到。突然感慨，一个贴牌的小厂，它铆足了劲，用尽全部的力气，调动一切能用的力量，只为顺利交货。这多像我们农村的“双抢”啊，全家人下地抢种抢收，全村人都相互帮忙，连看家的大黄狗也没闲着，只为跑赢时间。我在一家小工厂，看到了家庭，协作，和一种努力奔跑的姿势。还有作为日结，它向我呈现了某种内部的秘密。文字触角，根本就没有抵达他们。

晚餐有我喜欢的猪脚炖花生。旁边的三个学生工都续了米饭，我听见他们聊起要不要提早回学校，万一疫情再起，再弄个隔离不能进校就麻烦了。哦，疫情，原来还有疫情这回事。在东莞制造业帝国，在工业园区，疫情仿佛被人遗忘了似的。

晚班从六点到九点半，相比漫长的下午，这三个半小时要快得多。老板的家人依然跟我们一起工作着。到了晚上九点的样子，小男孩竟睡着了，他下午在各个车间冲进冲出，拿着纸飞机，哈口气，胡乱投掷，这小恶魔终于睡着了，睡着的样子真是天使啊，老太太放下了手中的活，把孩子抱在怀里，轻轻拍打。

下班了。这是我完成的第一份日结工作。走出工厂的大门，迎面扑来的热浪把我拉回作家塞壬的主体。我简单总结一下，活不累，食堂的菜尚可，有空调有饮水机，工作时长十二小时，不习惯的人会非常难熬。但是，对于无从选择的人来说，所有这一切都是已知的，是摆在明面上的，是日复一日的常态。木阳光开车把我们五个人送回长东路，这时手机微信的提示音响了，一百六十八元到账，是老莫发来的。我兴奋地把手机亮给她们看，罗姐笑了，摇摇头说我像个孩子。我盯着这一百六十八元看，真的，这钱归我了，是我凭力气挣到的，十二个小时，每小时十四块，我甚至可以算出每分每秒的单价，每一分钱都如此饱满，如此丰实，一百六十八，非常具体，具体到每一块钱对应着我当时手中正在干着的一个活儿。太重了，我觉得它沉甸甸的，有一种特别清晰的拥有感。我的工资，我的稿费，即使是几万块入账我都没有这么激动过。我从来没有这样凝视过一笔钱，从来没有从凝结在钱里面的人类劳动这个角度去看待工作，一瞬间，我理解了价值的本质。

微信群里，老莫发了明天工厂招工的信息，有四家工厂待选。我打定主意想换一家。回到家，我竟没有感到疲累，兴奋得想找人诉说今天的体验，最好是找家大排档坐下来喝两杯。我居然有了强烈的倾诉欲，可是，我已经太久没有跟人聊天了，此时打给任何人都显得唐突，都是一种打扰。下午有几个人在微信申请加我好友，我一并通过了。我用的手机是过时款的苹果 7，号码和微信都是新的。我还主动加了罗姐。最后，我在淘宝上选购了一款筒状便当布袋，三十五元，袋口用松紧带抽紧，两条棉索子打了个结，这就是罗姐她们手上拎的那种筒包，既然去做日结工，那在行头上就要跟大家保持一致。我把保温水杯、碗筷、旅行茶包、巧克力奶糖，几片酒精湿巾、口罩，还有两个苹果一起放在一个蓝色帆布包里。明天继续。

四、我主动去了一家模具厂

七点五十分，我再一次出现在长东路。在杂粮铺，我买了两个红糖馒头，三块钱。馒头上面有麦麸的斑点，肚子中间炸开了，我学着罗姐她们的样子，用手撕着吃。松软、微甜，两个吃完，刚刚好。我一路走过榜哥和陈太的档口，他们那里依然围满了人，我还是没有机会啊，于是我径直走向老莫的档口。老莫看见我，微微一笑说："你来啦？"这算是问候吧。罗姐向我招手，我点头会意。我今天能顺利上车吗？

中巴车的人已满。这是开往虎门的电子厂，这趟活已经干了三个多月了，我是生手，插不进去。昨天的首饰厂五个人，木阳光说她要把位子让给我，此外，罗姐也暗示要罩着我。双保险，胜算挺大。罗姐告诉我，首饰厂的活是最好做的，环境又好。有几个人想进来，被她挡回去了。意思是，我是真的在罩着你。

突然，从中巴车里探出几个脑袋，嬉笑问道："你就是昨天在群里发红包的富婆？"我一听乐了，忙说："各位师傅，这趟车能让我上不？能上的话，我就再发一个红包。"人群起哄："上啊，上啊，快上来。"老莫上前一挥手："吵什么吵。"说着把车窗一拉，示意司机出发。

另外两家是汽配厂和模具厂，是老莫常年合作的工厂。有四十多个人坐上了开往这两个厂的大巴车。首饰厂只是临时接的一个短活，需要的人不多。这时，一个三十多岁的瘦小妇人赔着笑脸向我走来，她想跟我换，说是颈椎痛，受不住模具厂长期勾头干活，不能直腰。我正要说话，罗姐上前用手肘把我往身后一隔：“你都干了一个多月了，怎么就今天受不住？年纪轻轻的，倒是滑头，我们这里也只能干一周，换来换去的有意思？”

对方瞬间就哑了，在罗姐的强势话语面前，她毫无反击的能力。可我愿意换啊，我得想个无可辩驳的理由说服罗姐，但又不会辜负她的好意。于是，我跟罗姐说，有一个朋友刚好就住在模具厂旁边，中午可以去她家里蹭饭，顺便午休。罗姐看着我说：“模具厂那活可没那么简单啊，不适应的话，主管会当场把你赶走，那一天就白瞎了。你可得想清楚了。”我说：“没事，万一被赶出来，我就去朋友家串串门，我们也好久没聚了。”她无话。就这样，我上了那辆大巴。罗姐用眼神狠狠地瞪了那妇人一眼。一个人的善意落了空，那种懊恼我能感同身受。

大巴在中途放下的一半人去了汽配厂，模具厂在另一个社区的工业园，不到八点我们就到了。领班拿了张表，让我们在自己的名字后面打钩，我写上名字：黄红艳，这个名字太陌生了，我已经很久没有正视过它。即使在生活中，人们也叫我塞壬。我突然发现，女工，是无法叫塞壬的，而黄红艳，无比契合。

我和三位女工进了一间安静的房间。刚走进工厂车间的时候，机器的噪音冲击人的耳膜，人跟人面对面说话还得使劲喊。可是这房间太安静了，让人不安。房间摆了四张桌子，坐八个人。这桌子中间是用玻璃板隔开的，每人一格。空间很小。我被分到了第一排，顶着墙。我旁边有一张简易的工作台，上面有一台旧电脑，主管就坐在那里。

极静。隔开的小格子间。旁边坐着主管。可想而知其间的压抑。我终于明白人家为什么要跟我换了。我对“工作环境”这个词有了新的理解，即使空调饮水机都具备又怎么样呢？这是一只笼子。我坐进去之后发现，整个身子是深深地陷进去的，回头根本看不见旁边的同伴。玻璃板很高。而座椅也滑不出来，它刚好抵在后面那张桌子的边沿上。我似乎只在多年前的考场上体会过这样的感受：无法动弹。我像一条正在锅里煎着的鱼。

活儿就更奇怪了。摆模子。一个正方形的铁板上有三百二十四个小格子，这小格子边长不足一厘米，需要把一个圆形的塑料模具置于格子中，这小模具有四只脚，像个微型圆凳子，想要稳稳地把它放进格子，需要你的手指纤细、柔软、灵活。骨节粗大、手指僵硬是干不了这活的。此外，它要求双手操作，从里向外，渐次铺满。如果手抖，不稳，队形摆得不整齐就得返工。而且，十二个小时，只干这一个活儿，重复同一个动作。对，必须低伏着头，脸跟桌面的铁板贴得很近。我曾经听一位科学家阐释机器人原理，他说，机器人的构造是一种运动的数学。那么现在，我再看手中的这个活儿，实际上，它对这个操作精确程度的要求，从某种意义上来讲，就是一种运动的数学。向我示范的师傅是一位年轻的姑娘，她的操作极具观赏性——她的手指嫩如葱根，还涂着莹粉的指甲油，食指和拇指拈起模具，蜻蜓点水般置于格子中，不偏不倚，她甚至都不用瞄准，两只手并用，不到两分钟就摆好了一版。

其实，用一句话足以概括：唯手熟尔。所幸，这活儿对我来说不难，我很快掌握了要点，在主管的注视下，完成了质与量的考核。我的手，从未干过农活、粗活，手指常年在键盘上演奏，它在为某一个字使劲的时候，其实已经完成了一种柔韧度的修炼。可是，这个活儿对我而言是毫无意义的，我的目的不是为了挣这一百六十八元。我无法观察人与事物，无法交流，我的身边还有一双眼睛在看着。我不知道分配到其他车间的人工作环境如何，可我今天将被困在这个笼子里，一个具体的笼子里，像一个被下了指令的机器：摆模。

长期以来，我断了交际，关闭朋友圈，退微信群，沉溺于自我的内心世界。冰箱囤满食物，半月不出门，不与人说话，收快递只开一个门缝，露半边脸把手伸出去。我的世界里有电影、漫画、腐剧、手游，还有我喜欢的Bigbang乐队。我阅读诗歌，并把它们唱念出来，我一集一集地追着番剧，从视频中截图制作精美的手账，然后分享到豆瓣小组。客厅的电视播放着热闹的综艺，我和我的猫歪在满是垃圾的沙发上。严格来说，这是主动选择的笼中生活，深度宅，把自己关在“墓中”。但我的自由和丰富是前所未有的。我的生命充满喧闹的回响和勃勃生机。在写作和阅读的深渊，我与自己的灵魂长久对视，我所有的一切都活在一个完整的自我中。

我是不是可以神游天外，自我出离？不是有高人说过，一个丰富而自由的人，无论身在何等荒凉贫瘠之地皆不受困。时间在我身上一秒一秒地流过，无声无息。我在脑中重新播放了一遍前不久看的剧集打发时间。直到打铃的声音像炸雷一样把我惊醒。我不知道，对那些毫无选择，只能从属于这笼子般命运的人，他们是如何熬过这分分秒秒的。我旁边的那位女士，她没有发出一丁点声响。而主管则时不时站起身，用眼睛来回扫着这八个人。好想钻进那位女士的脑中啊。她真的只专注于手中的活儿而心无旁骛吗？

吃饭的时候，我出于好奇忍不住问她。答曰：“我戴了蓝牙耳机。”

我才是最荒谬的那个人啊，这狭隘的见识居然建立在可悲的优越感上。答案如此简单。我在思考下午要不要继续下去，这毫无意义的劳作只能是浪费时间。一旦中途退出，就拿不到一分钱工资，这不是重点。重点是，罗姐和木阳光她们就会认定我是因为操作没能达标而被赶走的。于我，这是耻辱，是不可接受的人格侮辱。

午间的工作室已熄了灯，窗帘也拉下了。人皆趴在桌上小憩。我决定留下来。那种直奔主题，露骨地考虑得失的想法，让我觉得德行有亏。面对着墙壁，我得硬着头皮坚持把下午、晚上的活儿干完。——漫长的折磨结束后，我得出一个结论：塞壬，你所谓的神游天外、自我出离的境界其实根本顶不住这无边无际的枯燥与虚无，根本不堪一击。在余下的那几个小时里，你备受时光分分秒秒的煎熬。在躁动与不安中，我厚着脸皮去喝水，去上厕所，脱鞋，穿鞋，如坐针毡，甚至是坐在那里长久地发呆。我处在即将要爆炸的临界点上。相比一个真正的日结工，我远远没有修炼到心如止水。我看着那七个人，她们一律地波澜不惊，按部就班地做着手上的活，一如她们臣服于这命运的深海，她们的身上没有一片逆鳞。即使是作假，我也无法真正融进她们的命运。在无法与人交流，无法观察他者的这十二个小时，我只是看清了自己，也严重低估了日结工的艰辛。

相比昨天的一百六十八元，今天的这笔工资简直是饱含血泪。谁能想象得到呢，日不晒，雨不淋，不挑，不扛，坐在安静的空调室里，做着一个手上的活儿，那种煎熬的滋味让我对继续再做下去没有了信心。

在回家的大巴车上，工资并没有如期而至。老莫在群里发了一个消息，说是工资要压两天，但没有说任何理由。车里顿时一片哗然，咒骂声起，有人叫嚣着要捅死他。有人跟老莫打电话，可是他已经关机了，有人从座位上站起来，不停地用拳头捶着窗口，司机也在大声喊话，希望人群冷静下来，车还在往长东路赶，我担心下车后这些失去理智的人会去砸老莫的档口。依稀听到劝说的声音，那是领班，然而，这微弱的声音被愤怒淹没了。这趟车，我一个认识的人也没有。我在木阳光的微信群里，而这十几个人却没任何动静，罗姐也没有说话。过了一会，我收到一个红包，是罗姐发过来的，一百六十八元，附言是：日结工资款。

这到底是怎么一回事？日结，日结，就是当天结清工资，如果落空，那种巨大的失落，如同触手可及的煮熟的鸭子飞了，如果失信，那它作为日结工最重要的吸引力就荡然无存。我想起昨天收到钱时那种如获至宝的激情，那种兴奋，我像个呓语的傻子似的。

车到了长东路老莫的档口。老莫居然笔直地站在门口。他站在那里仿佛在等着这趟车的到来。众人围着他，沉默不语，气氛诡异。罗姐也站在他身边。老莫表情严峻，紧锁着眉头，下车后人群发疯一般地冲向他，几个领班的男人上前推搡着愤怒的人群，以防有人做出过激的行为。老莫却没有避让闪躲，他突然上前大声地说："对不住各位，老莫给大家赔礼，我尽量争取明天全部结清，不会压两天的。只是今天兄弟我出了点事，希望大家见谅。"

愤怒突然停顿了一下，有人急切地吼叫："老莫，出了啥子事，你今天给老子说清楚。"

"今天早上送人去工厂的时候，老赵师傅的三轮车撞到人了，三个人受伤，人都在医院躺着，家属还在医院，医药费已经垫了三万多块，明天还不知道要花多少钱，各位放心，工资这块天天有进账，不会拖欠的。只是今天先挪着用了，希望兄弟姐妹们见谅……”老莫双手作揖转了一圈。

这消息犹如空中炸雷，人群噤声。我心里一沉，出这么大的事了。

有个声音怯怯地问：“那老赵伤得怎么样了啊？”

“哦，老赵没事，有一个人腿废了。”

“那……”

人群陷入巨大的沉默。这时罗姐说：“老莫，钱你先挪着用吧，工资咱不着急。”

“对……对。先……挪着。”人群中有人小声附议。

…………

我万万没有想到，近乎失去理智的愤怒竟熄灭得如此简单。两极反转，却裸露着人性最为澄澈的部分。人皆慢慢散去了，老莫一一打拱作别。我问罗姐：“那个红包是你垫的吗？”罗姐说：“是的，我们群里的十几个人，我先垫了。”我不好意思起来。“这哪成啊，罗姐，你不用垫我的。”说着，我把钱转给了她。她没收。我看着街边的夜市人声鼎沸，烧烤、麻辣烫、小龙虾、炒田螺的档口，食客满满。夜色正浓，明黄的街道人影憧憧，像是在透明的水族馆游弋。时间还不算晚，于是我说：“罗姐，我请你吃消夜吧。”罗姐把我当成了自己人，她是想要罩着我的那个人啊。

罗姐爽快地答应了，她说："你不介意我叫上老伴吧。"我说，那实在是太好了。

我们在一家潜江小龙虾的档口坐下。我点了大份麻辣小龙虾，还要了几个炒菜。罗姐要了啤酒。一会，一个穿着蓝色工装、戴着一顶旧棒球帽的老男人走过来。他身材挺拔，看上去六十上下年纪，很是精干，像是工厂的技术师傅，我发现六十多岁还保持工作状态的人身上有股活力，一种从未间断的原生活力。"我家老李。"罗姐介绍道。我点头问好。老两口是湖南邵阳人，在东莞打工快三十年了。这就是我们常说的，第一代打工人。

十几年前在老家农村盖了三层楼，空着，没人住，地租给别人种。儿女皆已婚，且都在广东。罗姐说在外面做日结工比在家带孙子轻松多了。我微微一笑。非常普通的打工家庭，儿女并没有多出息和发迹，打工这么多年也并没有多苦难悲惨。平淡人生，一切，都没有太多的戏剧性。习惯性地打工挣钱，是一种根深蒂固的生活方式。他们最终会回农村养老，但不是现在。儿子在广州供房，略为吃紧，所以帮衬帮衬。正说着话，罗姐一个小龙虾没夹稳，掉到地上，她立马躬身从地上捡起来，继续剥着吃了。一切都那么自然。这一幕，竟让我想起了母亲从地上捡起掉落饭粒时的情景。

老伴老李被工厂返聘，带徒弟，工资六千。按理，老两口每月有一万多块钱进账，何至连二十块钱的食堂都舍不得吃？二人喝了两罐啤酒，话渐渐多起来。

老赵撞人是迟早的事。罗姐说：“他那辆电动三轮车是自己改装的，发动机的噪音能把人耳朵震聋。后面的车篷是他自己焊的，加长了一倍，可以坐十二个人，每天早上，他开着冒着黑烟的电三轮来接人，车开动后晃得厉害。我坐过两回，太晃了，吓得不敢再坐。这车上路就是违法的，何况营运。跟老莫说了多次，叫他不要用这电三轮接送，他不听，贪便宜。这事还不能报案，只能私了，他这回吃了个大亏。”

我问：“这种电三轮为什么没人管？”

“唉，怎么管？每天一趟活，早上七点，晚上九点，不在交警的工作时间内。”

“原来如此。老莫手上有多少工人啊？他拖欠工资不怕工人跑了吗？”

“中介极少拖欠日结工资，今天老莫是出了意外。这条街四个老板，绝大部分人都做遍了。老莫的人是最少的，不到九十人，他固定有三家厂。工人是挑工厂，不是挑老板，价格都差别不大，只要听说哪家厂活好做，那就是一窝蜂拥过去。可惜我做的这家首饰厂只有一周的活。哦，对了，你去的那家模具厂，做得惯不？”

老李笑着插话，他说这条街有个刺头，猴精猴精的，生怕吃一点亏，常年做日结，这四个老板他都得罪光了，还打过架，只要他来，四家的门都是敞开的，不计前嫌。做日结，不认人的，干完活拿钱，谁也不欠谁，干净。

我想着这条街的日结市场已有二十多年的历史，形成了它独有的生态、内在逻辑、行为方式以及秩序规范。中介不拖欠工资除了是本着信誉至上的法则，还有一个重点，那就是很多做日结的人只是混日子，做一天歇两天，指着这一百六十八块活着。他们混迹深夜的网吧，蹭那里的空调，二十块钱包通宵，吃泡面，不洗澡不换衣服，然后浑身发臭蓬头垢面地从网吧出来，去公共厕所冲澡，接着就去长东路重新操持着日结。日结，吊着他们的一口气。摄影师阿兵跟拍过几个这样的人，他们眼神阴郁，从来不笑，不太与人交流。让我惊讶的是，居然还有女生这么活着，不讲卫生，体味大。说到这个，罗姐就骂开了。她的理解，这一类人就一个懒字，不值得同情，是社会的垃圾，活着浪费空气。好好的，有手有脚，有钱不挣。可怜他们的娘老子白养他们这么大。湖南女人的炮仗性格，不藏话。她把嘴一努：“出租屋里，连个床都没有，几个人睡地铺，男女混住，每次从门口走过就闻到一股尿臊味。来做日结老莫本来是不要的，我好说歹说，还是让他们做了，不做没的吃了，你说咋办？”

“哦，他们就是你的那十几个人？”

“我呸，我那十几个都是精锐。最初，老莫虎门那个厂就是我们这十几个人拿下的。”

总算捋清了。虎门那个电子厂活也好做，老莫总想插自己的人进去，罗姐为了保全大家，所以自己先退出来了。

日结低门槛，不体检，不考核面试，甚至连身份证都不查。起先我以为这里面有巨大的不安定因素，比如传染病，比如潜进犯罪分子，比如老人在工作中猝死……然而没有，长东路竟一派清明祥和。没有一个机构专门去规范它，没有红头文件，没有条条框框的规则，它自发地井然有序。终归一个人去做日结，最迫切需要解决的还是吃饭。而这个最迫切的问题总能迎刃而解。

老莫手上不足九十人，那一天的工资不足一万五千块，我很好奇，一万五千块何至去拖欠？

罗姐说：“可能考虑到明天的医药费吧。”

我急了，忙说："那他可以向马云借呀。"

罗姐问："马云是谁?"

老李皱着眉头想了一会，说道："好像是个大老板吧，名字听着熟。"

我打开手机的支付宝，点开借呗，跟他们说："在支付宝借五万块很方便，当场到账，利率很低……"话没说完，老李打断我："大妹子，你可千万别被骗了，我家孩子反复跟我说过，手机上很多都是骗人的，他们想套你的银行密码……"

罗姐也急了，她忙劝我："手机借钱别信，小心上当，都是骗人的。"

我的天哪，谁来救救我。我碰到了交流的黑洞，这是两个连马云都不知道的人。我发现交流的无效性，那种无奈，那种抓狂，天地不应。我只能放弃了。好吧，一些事只能在他们所知的、现有的那个世界去解决，按照他们的规则去解决。

我现在再看这两人，觉得不仅隔着距离和时光，还有坚固的壁。而我丝毫没有破壁的想法，我们共存，不干涉。

最后在买单的问题上老李跟我争抢了一番。他说了这样一句话："这顿得吃你两天的钱，你赚这点钱不容易，哪里能让你请?"我听着有点生气。它成功激起了我的胜负欲。

最终我以不容置疑的态度坚持买了单。他们住在旧村的出租屋里，从出租屋走到长东路只要几分钟。我也谎称住在旧村，如若被他们知晓我每天打车做日结工，那又得生出些不必要的枝蔓。

第二天，在罗姐的照拂下，我重新回到了首饰厂。因为学生工还没有撤离，别的中介我暂时进不去。于是，跟第一天一样的工作流程再次重复，直到结束。有三个意外。副总见到我时问道："你昨天去哪儿啦？"我很惊讶，这人居然留意我了。而且在最后一天的中午，他真的向我发出邀请，希望我能留在工厂当一名正式工。另一个意外是，最后一天的下午，老板送来了西瓜和糖水，算是一种犒劳与告别吧。最后一个意外是，第二天工作结束后，老莫补齐了前一天压的工资。

五、十分钟，我被赶了出来

我终于上了榜哥家的车。深圳的一家电子烟厂。据说纪律极严，手机没收，统一放在一个筐里；不提供饮用水，需自带；上厕所需要拿离岗证，上午下午只能各去一次；不包吃；一个小时十七块；不准穿拖鞋不准戴耳机；感冒咳嗽的自行离开。坐在大巴上，领班的在清点人数。我看到好几个妇女手里拎着那种筒状的便当包，她们都是自己带饭。这包，我手上也有一个。早上打摩的去长东路，司机见我一身行头，问了一句："你是去做日结吧。"我微微一笑说是的。车要开了，有一个走路一瘸一瘸的小伙子追上来，正要上车，领班对他挥挥手："你来干什么，下去下去，你干不了这活，浪费座位。"小伙子一脸丧气，嘴里骂了一句脏话，扭头走了。又等了五分钟，陆续上了十来个人，终于满座。电子烟厂在深圳福永，四十分钟车程。

领班的是一个五十多岁的中年男人，说话轻声细语，但不友好。高颧，薄唇，身形清瘦，一手叉腰，一手用发黄的食指与拇指捏着烟屁股，车开动的时候他把半截香烟弹向窗外。

我的邻座是一个穿吊带背心、牛仔热裤、大网眼黑丝袜的女人，不年轻了，四十上下的年纪。劣质香水很冲，她涂着鲜红的嘴唇，不知是因为涂得太满还是因为吃了早餐，口红跑得有点乱。她化着浓妆，脸很油，粉没有抹匀，皱纹的沟里积着厚厚的粉泥，她撸了撸脖子上的长卷发，全是汗水，还有一些胡乱地粘在脖子上。尽管一身廉价，但还是有很多男人盯着她看。她的手臂上布满了蚊子咬的红包。

福永工业园在进门处设了个体温检测口，人们排着长长的队，有一个保安在那里用测温枪检测。工厂在三楼，我们是坐着宽大的货梯上去的。这家厂的车间太大了，简直大到一望无际。车间里充斥着一股浓浓的糖果味。这是电子烟香烃的气味，像草莓和芒果的混合体，非常浓烈、醇厚，撣都撣不开。初闻，觉得甜甜的，像奶油。很快，你就能分辨出这味道里的化学因子，那令人眩晕的，像针一样十分刺鼻、独立存在的某种东西。穿着蓝色工装的正式工推着平板车来回穿梭，推车上的货品堆得高高的。轮子在地板上滚动，发出隆隆的声响，此起彼伏。工装的胸前有一个醒目的品牌标志，橙色，像一团火焰。

密密麻麻的小工具柜占了两面墙，把包包放进去锁好，厂里会给你发一把钥匙。很多男人没有包，所以手机就统一放在一个塑料筐里。我邻座的女人试图往口袋塞手机被发现了，她跟主管呛了几句，没争过，最后只得乖乖把手机锁进柜子里。她翻了几个白眼。

我们被安排在一条线位上，手中的活就是把注了香油的烟柱盖上盖子，这个盖子是硅胶的，略硬，要求盖上后中间的孔不能堵住，毕竟烟要从孔中过。把盖子按进去需要用力挤压，如果按进去了，它会发出一种让人舒服的声音，表示套牢了。活很简单，用力挤压有点费拇指。但是，它的速度要求是每分钟不能少于十五个。我全然不知道，身边、身后那些推平板车的还兼了监工之职。

我邻座的女人首先被叫了起来，速度没有达标。紧接着就是我。主管过来了，他叫来了我们的领班，指着我们说："这两个女人我们不要了。"领班面有难色，说道："她们两个是今天第一次来，是生手，你就通融一下吧。就是个熟练活。"

"不行，太慢了，没有达到要求的速度。"

如果被厂家赶出来，就得自己掏钱坐车回家。我好不容易上了大榜家的车，就这样被赶回去，太不甘心了。于是我说："就给我们一个小时的时间吧，这一个小时不要工钱，我们白干，练练手，可行不？"

"那怎么行，规矩哪能随便改？"主管是一个梳着中分的年轻男人，他刚才呛我的同伴时，说了句："你是来做事的还是来卖骚的，穿成这样？"

"一个小时后，如果我们还是慢，你再赶不迟啊，反正你们又不吃亏，给个机会吧。"我据理力争。

这句话不知为何激怒了他。只听得一句狂怒的叫嚣：

“不行！你们马上滚蛋。”

毫无商量的余地。他喊出这残忍的八个字时，我感觉到被霸凌的屈辱感。这是一个可悲的年轻人在享受着掌握他人命运的权力快感。他要的仅仅是满足拒绝你，压制你，让你无法反抗只能屈服的那种私欲。我气得快要爆炸了，但同时又陷入深深的无力感。虽然我知道在任何地方都存在野蛮的压制，冷面，拒绝，不通融，但我心里的憋屈很大程度上是因为，在这种地方，我被这种人给欺负了，还这么彻底。我甚至有一种，一个文明人落入野蛮部落无计可施、任人宰割的屈辱感。

要知道，在我的世界里，人们都叫我塞壬老师，都称我为您，都会说敬语。而在这里，我被一个年轻人残暴地作践：马上滚蛋！我甚至有大喊大叫厮打扑咬的冲动，我心里也有暴戾的困兽。这失格的行为在我的人生中也不是没做过。领班应该知道这位主管的脾性，所以并没有多说什么。

我和那个浓妆的中年艳女一起往外走。八点二十，时间还早。既然来了深圳，那就干脆去拜访诗人阮雪芳吧，我们也好久没聚了，我刚给她在微信上留完言，我的同伴突然叫住了我。

“喂，大姐，你知道怎么坐车回长安吗？”

居然有这么奇怪的问题，我说："打车回去啊。"

"可是这里没有出租车，怎么打？"

这是工业园，当然没有出租车，我们一起走到工业园外面的公路上打。她穿着"恨天高"的细跟鞋，走路一扭一扭的，我只好走走停停地等她。到了门口，我说："我要去龙岗会朋友，你自己打辆车回长安吧。"

她面带难色："打车太贵了，我想去汽车站坐大巴回家。汽车站怎么走？"

我打开手机导航，找到了汽车站，跟她说："你沿着这条路走，然后往东……"

"东在哪边啊？"

我一下子噎住了，不知道如何回答。"行吧，你打开手机导航，开语音，它会提示你怎么走的。"

"手机导航……是什么？"

"你——"我突然意识到自己跟交流的对象之间很可能存在坚固的壁。于是我问："你手机装滴滴打车了吗？"

她摇摇头，没有说话。可能是害怕说出"滴滴打车是什么"这句话时遭遇我凶狠的眼神吧。我有点生气了，大声质问道："你平常不出门吗？滴滴都不装，你……"突如其来的无力感，无语到极点。我被一种荒谬击溃，仿佛时光倒退回到了十年之前。做日结工居然碰到好几个这样的人，如果不是亲历，真无法相信。有一个老头，他结工资不接受微信付款。他要现金。他事先准备好了三十二元的零钱，当领班把二百元红钞递给他时，他就迅速地从怀里掏出理得整整齐齐的三十二元毛票。

“打车都是我儿子弄的。我不会用那个。”她躲避着我的目光，怯怯地说。

我能怎么办，我还能怎么办。那只能在滴滴上叫辆车送她去汽车站。可是，我瞄了她一眼，她正低着头抠手背。这女人去汽车站知道怎么坐车回长安吗？她不会连这个都不会吧，那不成傻子了吗？

我看着这个女人，衣着无品，身材干瘦，锁骨暴突，脖子上布满雀斑，还有，她的口红全糊了。阿兵曾告诉过我，农民工小学未毕业的非常之多。她不太说话，一副任人欺负的表情。我真的能掉头就走不管不顾吗？我管她干什么啊，塞壬，她能不能回长安关你什么事啊，烦死了……在愤怒、悲伤，以及某种莫名情绪的裹挟中，我居然流下了眼泪。我在滴滴上叫了辆车，目的地输入长安，然后在微信里跟雪芳说抱歉，突发急事要赶回长安。雪芳给我发了一个在风中凌乱的表情。

在车上，我丝毫没有跟她聊天的兴趣。因为，不管她说出什么样的人生我都不会感到意外。回到家，我重重地把自己摔到床上。倒霉的一天。

下午在麻将室碰到刘梅，她问我最近去哪儿浪了，怎么不出来打牌。我说我为生活所迫去做日结工，每天赚一百六十八元。她是我老乡，比我小两岁，以前在一家工厂做财务，后来工厂倒闭了，她就再也没有找到活干。这女人不是个能吃苦的主，经常去麻将室打牌，输了不少钱。我偶尔去打，所以就认识了。那天下午，她又输得一塌糊涂。在弄堂口，她问我："你说的做日结是在哪里啊，能不能带上我？"我说："做日结很辛苦的，早上六点半，你起得来吗？"

她看上去很沮丧，说："我有两年多没有工作了，输了几万块，老公在工厂工资也不高。无所事事，坐吃山空。"她只是我的牌搭子，并不知道我是作家。她跟我说她和人合伙搞过地下六合彩，被人举报，罚了钱。还做过传销，卖保健品，最后存了一堆货没卖出去。总之，这女人不像个正经人，我不想跟她有牵扯。说实话，我对"老乡"二字素来有阴影，老乡坑人的事历历在目。

"嗨，这点小钱，你看不上的。姐是做大事的人啊。"我笑着说：“你老公哪里舍得让你去吃这个苦？”

我有时对自己挺吃惊的，跟不同路数的人，用不一样的话术，我驾驭得轻车熟路。这类话，对她是受用的。在牌桌上，刘梅喜欢炫耀她年轻时在老家的风光日子，说县委书记跟她是铁关系，说各种大话。她时常眼梢含春，对牌桌上的男人放电。

这货是个麻烦精，我唯恐避之不及。

她没说什么，对我做了一个不置可否的表情，但嘴角有一丝苦笑。

第二天早上六点四十，我居然在弄堂口看到她。她郑重地对我说：“我等你好久了，带上我吧。”

六、暧昧

罗姐在微信上问我昨天去哪儿了，我说我在榜哥这里，但没好意思提昨天被赶出来的事。她回，榜哥有一家狗链厂，活好做，管得不严，就是食堂难吃，像猪食。我道了声谢，说准备去深圳的电子烟厂。她没有回话，我想把刘梅塞给她，这刘梅跟在身边总让人不踏实，但她紧紧黏着我，甩不掉。

我上了昨天去深圳的那趟车，对，我就是不甘心，昨天的事，简直是一生的污点。在哪里结的疙瘩，就在哪里解开，否则就会一直气不顺。只要前面半小时高度集中注意力，加快速度就能挺过去。昨天的情况属于突袭，事先无人提醒，所以被逮了个现行。那领班的拦住我，他带着嘲讽的语气说："哈？昨天脸没有被打肿，还敢去？我看还是算了吧，自己掏钱坐车回家不划算。"说着把我往外推。他目光越过我的头顶，看着我身后的刘梅。然后他把我往旁边扒拉了一下，把刘梅迎了进去。

"我还想再试一次。昨天是搞突袭没准备好，今天一定行。"我的语气没有乞求，但是听得出很有诚意。他一手叉腰，一手捏着烟屁股，眯缝着眼，突然凑近我的脸："想去啊，也不是不可以，就看大妹子给什么样的态度喽。"我倒退两步，瞬间被一种既熟悉又可怕的感觉击中。

非常明确的是，我被当成了一个女人——一个有乳房、有子宫的女人。在这个话语里，他的气息明确了这一点。你会问，你本来就是一个女人啊。可是，被人明确地指向了性别，指向了暧昧的可交配的潜台词是完全不同的。你会说，这分明是性骚扰，但我要说的，远不止这一个层面。

在我四十八岁的年纪里，在作家塞壬的世界里，我被当成是女性已是很多年前的事情了。而我，无性别意识地生活也有多年。如果说性是一种资源，在我的世界里，由于这个资源极为丰富且内卷严重，一个女性在四十八岁的年纪，已然失去了这种资源，不再会有男性把你当成一个可以交配的对象去看——这里指的是大概率的可能。当然，在任何年纪，女性都可以主动支配自己的性资源，而非处在一个被选择的位置，而这里，我谈的是男性视角。可是，在那一刻，在日结工的市场，在我四十八岁的年纪里，居然有人向我发出这种久违的恶心信号。

罗姐跟我提过，在榜哥、陈太的队伍里，很多中老年人沉迷于情爱，争风吃醋，大打出手，一些中老年人似乎只是为了黄昏恋才来做日结工。人生寂寞啊。罗姐说，这个年纪的人，孩子都大了，任务完成，所以想放飞性情，去弥补年轻时的缺憾。

这可真是一个有意思的世界啊。怎么说呢，塞壬，在她的那个世界里，她已经成了一个无性别的人。作为女性的那种性魅力不再被人看见，被人欣赏，被人垂涎……而作为日结工黄红艳，我居然收到了一个男人暧昧的性骚扰信息。那瞬间我的震惊程度竟超过了对这件事本身的恶心感。

然而，令人难以启齿的是——假如换作是个年轻帅气的男人，换作是个与我的见识审美品行趣味相当的男人，那一番骚扰的暧昧之言还会令我恶心吗？面对这一假设，我居然是动摇的。是的，我已经不能非常明确地给出那个正确的答案。可是，在这样的一个女性的春天被延迟的世界里，我恶心的根源并不完全是性骚扰本身，而在于，那个对象，他的身份，他的市井气息，他像一个低贱物种那样冒犯了我并给我带来耻辱感。我来做日结工，被人盛赞是有担当有良知有责任感的作家，可是，我骨子里的优越感，那种高高在上的俯视视角，其实一直伴随着我，甚至深入骨髓。

啊，在日结工的世界，一个中年女性居然可以过得活色生香。于我，它似乎只能是一扇关上的门。没有文化的穷小子跟中年女人的情爱故事也不在少数。这是一个有着肮脏活力的世界——开闸泄洪般的欲望，辛苦钱，长时间的劳作，男男女女，裸裎着动物的本能，那种直接的狂欢，让人猝不及防。

我捏紧的拳头又散开了，重新调整好表情，我的脸怕是变形得面目全非了吧。再次带着憋屈下了车。刘梅见我下车，也跟了下来。我果然还是甩不掉她啊。榜哥见我们还没有着落，忙跑过来把我们往另一辆车上引，他说：“狗链厂还缺人，上。”这是一辆改装的电动三轮车，加长的车篷，挤一挤可以坐十几个人。中巴车已满，过道都加塞了小凳子。这就是老莫家的赵师傅出车祸的那种车，我竟毫无阴影，径自踏上去。刘梅皱了下眉头，紧挨着我坐下来。看她自己的造化吧，做不下去，她会知难而退。

这车非常简陋。几根铁管子焊成的架子，两张近两米长被人的屁股磨出包浆的木板，蓝色的破帆布篷，脚下踏着的不是铁皮，而是留缝很宽的木板。一边坐六个人，有点挤，脚曲着，不能伸直。司机是一个略驼背的老师傅，光头，他肩上搭着条旧毛巾，脚下穿着一双脏拖鞋，紫灰色的老脚趾怒挣出洞。他跨上那张破了皮露出海绵的坐垫，脚一踩，油门一加，突突突，突突突，柴油发动机发出巨大的噪音，黑烟狂吐，车启动了，一路摇晃，趔撞前行。在颠簸中，我在想，当你不再是作家塞壬，只是作为一名普通中年妇女进入这日结市场，你的遭遇就代表着众多女性的普遍遭遇。我的憋屈感从本质上来讲，本该源于权力的霸凌与人格的践踏以及男性视角对女性玩物般的凝视。可是，某种程度上，我怀疑我的憋屈仅仅源于身份互换后的差别境遇所带来的尊严冒犯，这让我有难以释怀的不洁感。塞壬，你竟是如此不堪的人。车突然拐弯，人皆挤到一处，本来空间狭小，有人体味重，我突然贴近一个黑胖的中年男人的腋窝部位，胃里一阵翻涌，我连忙捂住嘴。好在，狗链厂马上就到了。

七、这个钱，我们厂方出了

中巴车先到，领班的带着几十个人在工业园门口等我们，原来这种电动三轮车有两辆，那辆也比我们的先到。领班让我们站成三排，五十多人，他拿着一个软抄本，让我们写上自己的名字，然后拿着手机给新人扫微信码，我进了群，群名就叫“大亨狗链厂”。他通过我微信时，突然说了句：“姐们朋友圈真干净，一条都没有，那我还怎么点赞啊？”这人体格壮实，平头，脖颈粗短，皮肤黝黑，四十上下年纪，金鱼眼，鼓眼袋，穿了件绛色圆领紧身T，乳头激突，笑起来两颊有很深的酒窝。他说话流里流气的，盯人的时候目力十足，浑身散发着色欲气息。女工，年纪二十至六十不等，有好几个化了妆，穿得花枝招展。

狗链厂的厂房是老式小高层，没有电梯，六楼。这栋楼全是工厂，正是上班时间，上楼梯的工人像移动的蚊群，密密麻麻。上到三楼，往下看，全是黑压压的人头。到了车间，大平层，我想应该相当于一个小广场那么大，没有空调，每条线的上方都挂着一排大吊扇；没有饮水机，墙角有三根自来水管，装了净水器，可以接热水。这净水器上全是水锈，至于它能不能净水已经不重要了，因为要喝水的人别无选择。等热水的人排起长队，轮到我，水不到九十度，我泡好茶拧上盖子，把保温杯放在墙上的木格架子上，那上面摆满了各种各样的水杯，蔚为壮观。

我被分配到折衣服的线位。一条线的传送带有二十多米长，工人面对面坐着，衣服从上游流下来，我们从传送带上取衣折叠。我这才知道，新买的衬衫折得如此板正无痕是这样操作的——它有一个透明塑料板作撑架，折的时候要把衣服用力抹得平正，狗的衣服没有领子，所以相对更简单些。这活不难，而且对速度没有苛刻的要求。可以带手机，可以跟邻座小声地聊天。当然，你也可以戴耳机。传送带下游的人把折好的衣服装进塑料袋，袋口有封胶，抹平排完气后粘上胶带，一件衣服就这样包装好了。装袋只有两个人，领班就坐在那里。原来领班也干活啊。

我看见刘梅被分到另一条线，她在包装宠物磨牙咬棒。那个活也很好做。

宠物狗有这么多玩具，真是让人大开眼界。陪睡毛绒公仔，骨头、香肠状的磨牙棒，飞盘，发光发声耐咬弹力球，智力按铃，还有一些叫不出名字的宠物发泄类玩具，造型怪异，颜色鲜艳，宠物狗咬到它的时候，它会发出惨叫。陪睡玩具实际上是宠物狗发情时供其发泄性欲的毛绒公仔，它们柔软、亲肤，样子可爱，能发出暧昧的声音。此外，还有狗舍、狗衣，各种材质的狗链、项圈，狗链上还装有电子定位器。我全然不知道，关于宠物狗的商品竟如此丰富精美，有的甚至到了变态的程度。我看到一件小型母狗的公主裙，真漂亮啊——蕾丝花边，粉红色的蓬蓬纱，还有缎带。穿上它，那就是一只血统纯正，出身名门的“大家闺秀”啊。

正值疫情期间，订单饱满，全是外贸单。也许很多人认为宠物是人生的非必需品，而事实上，越来越多的人已经不愿意与人打交道了。

坐我旁边的是个戴眼镜的小伙子，他是我碰到的，除我以外，唯一一个戴眼镜的人。他这一批人已经干了一个多月，操作非常熟练。他看着笨拙的我笑了，说：“你知道吗，我这不是在折衣服，我把塑料板往上一铺，衣服就自己卷起来折好了。你看，你看。”他这话说得很俏皮，那双手很是灵巧，一抹，一拢，一团，就成了。真的就像是衣服自己折好了一样。他哼着歌子。哼的竟然是 GAI 的《哪吒》，他轻微地抖动双肩，嘴里急速地吐着 RAP，忘我沉浸。在我看来，这是一首不属于这个阶层的歌，中国风的嘻哈说唱。

从不拘泥任何世俗凡人的目光/我要奔向前方那光芒/是非黑白不需要你讲/我要燃烧所有生命赐予的力量

这一句，我随着他身体的律动竟情不自禁地跟着唱了出来。他做出难以置信的表情，睁圆了双眼，像要跟我斗歌似的加快了律动，嘴里噼里啪啦地说着一堆歌词。他，难道是学生工吗？

一阵狂喜，我居然在这里碰到了学生工。因为首饰厂严格的纪律，我已经打算放弃去靠近学生工了。而此时，一个阳光好动、话多开朗的男孩就坐在我旁边。可是，我到底想从他身上得到什么信息呢？我突然发现，这一点已经不重要了。那种采访式的交流其实特别僵硬，目的性太强，也很无耻。我只需看着他，感受他，自然地描述他就可以了。

因为是本省的学生，所以他至少还可以干两周。他说他只休了两天，一个暑假 iPhone13 的钱差不多就赚到了。我觉得问“你为什么来做日结工”这种问题特别愚蠢，我为什么需要这种答案呢？

有一个问题倒是可以聊一聊，我说：“GAI 红成这样其实是他对自己的一种背叛。我已经不太喜欢现在的GAI了。”

“不过现阶段也不容许GAI沿袭自己的初衷吧，他的愤怒与叛逆，那些爆粗口的脏歌词与要求文艺有教化功能的标准是不兼容的。如果他一直在地下，在县城小酒吧驻唱那也无法为人所知。你没发现吗？即使重回传统，GAI的功底一样是很棒的。”

我们俩都沉默了一会。两个日结工在讨论GAI，这个曾经在地下小酒吧驻唱的说唱歌手如今红遍中国，他频频出入各大综艺，再也不说脏话了。红的代价是什么呢，是一种自我的异化吧。可是他依然喜欢着GAI，我笑了：“GAI是那种有过‘曾经’的人。他那样的‘曾经’影响了很多人。”

他应该也意识到我不是一个简单的日结工，欲言又止，但没有再问。我也没有主动加他微信。午饭要先在领班的手中取餐券，我见他没拿，就喊住他，他挥挥手说不要了。我领了餐券跟在他身后，一路走到食堂。我先前在首饰厂吃的食堂是该厂自己的小食堂，规模不大，菜色皆可。可是眼前的却是工业园区的大食堂，容得下一千多人，分几个区。就餐时，一眼望去，可谓茫茫人海。免费区凭票券可打一荤两素，收费区有特色小炒、烧鹅、酱肘子、饺子、牛肉面的档口，就像城市商业步行街一样琳琅满目，应有尽有。那学生不要餐券原来是嘴馋了。好吧，我也来一次付费午餐。这么多人就餐，场面可以用“恢宏、震撼”来形容，我忍不住拿出手机，拍了几张照片。那学生意味深长地看着我。其实有很多场景我都想掏出手机来拍，可是一旦被发现，后果不堪设想。每一家工厂的大门口都立了个牌子，上面有纪律方面的警告，有一条非常醒目：不准拍照。可这是食堂，应该是没人管的。

凭良心说，付费区的价格比外面的馆子要便宜得多，一盘牛肉炒蒜苗只要二十五块钱，这在外面的苍蝇馆子至少也要四十块，我还要了一份煎饺。我看见他打了一份红烧肉一个人端着餐盘坐了下来。我自带了碗筷，把餐券也用了。我在他对面坐下来，这小子看见煎饺立马用筷子扎了一个送进嘴里。刘梅看到我旁边没有位子了，就端着餐盘走到领班那边了。

“你这么吃还想买 iPhone13？”

“偶尔，偶尔啦，免费的太难吃，都是水煮盐拌，烂熟，跟猪食一样。”他没有抬头，然后发阴谋论，“你说有没有一种可能，食堂跟进驻的商贩勾结，故意把菜做得巨难吃，倒逼工人去吃付费小炒？”

“你只是体验生活，那些不能改变命运的人却要吃一辈子这种猪食。你还是少抱怨吧。”

“人只能跟自己的过去比，跟自己在农村时一年到头才挣几千块的日子比，你非得跟王思聪比，那谁还有幸福感啊。我虽然是体验，但是这种艰苦的程度是可以承受的。”他说，“我同学五个一起来的，全坚持下来了。还有几个去跑快递的，比这里挣得多，但也辛苦得多。”

他这话里，有一种挺享受现有生活的意味。我十分不悦：“窝头偶尔吃吃当然美味。（这话的深意是，你站着说话不腰疼。）”他当然听懂了。但不知怎么就戳中了他的肺管子。年轻人把筷子一扔，站了起来：“那也比某些记者卧底选择性眼瞎只关注黑暗面要好得多。”他这话已经不是暗讽我，而是直接点明我的身份了。我笑了起来，这是几天以来最有质量的对话。

“盲目唱赞歌是不对，但也没有必要夸大苦难。”他扔下这句话就走了，像是在告诫我要尊重事实。我突然很欣慰，年轻人头脑是清醒的。关于人格认知方面的讨论，他非常敏感，像个刺猬。

七楼的仓库可供休息。我去晚了，纸板已被人抢光。这仓库还是毛坯，没有装修，地面很多土坷垃，不平整。纸板本无主，先到先得，垫在地上，可以四肢舒展地平躺。已经有人发出了鼾声。我看见领班跟刘梅躺在一起，并排挨着，他俩脱了鞋，就像躺在床上一样。一顿饭的工夫，这两人就躺在了一起。

领班能给刘梅什么呢？一张纸板就能让刘梅跟他躺在一起？不，这里面未必有令人憎恶的利益关系，也许仅仅只是单纯的情欲？而且，他们不避人，至少我算是刘梅的熟人，她居然不避我。放眼望去，好多对男女双双躺在一起，他们是情侣是夫妻吗？我捡了一块只够坐的纸板，靠墙，把腿伸直。裤子沾灰没有关系，拍拍就好。闭上眼睛，可是我怎么也睡不着，拿手机拍了几张照片。

下午换了个活，包装弹力耐咬球。这球能发光，正面有一张微笑的狗头，狗鼻子是一坨黑色的硅胶，微微地凸了出来。包装要求把正面的狗鼻子卡在包装纸袋的圆洞里，然后用扎带系紧封口。座位换了，学生工坐在我斜对面，他的手快极了，简直让人眼花缭乱。这里的每一道工序他应该都很熟练吧。他旁边坐着一个像是在工地干过苦力的大叔。脖子晒得发紫，一件破旧的T恤，眉间有一粒肉瘤一样的痣。中午我曾从他身边走过，有很大的汗味。大叔的手是抖的，他拿不稳球，可是，要把狗鼻子准确地卡在圆洞里，需要当机立断，一次成功。如果没有卡准，等进了纸袋就很难转动去调整了。他手中的球突然脱落滚向传送带，甚至打到对面人的桌上，有人惊叫一声，站了起来。主管闻讯，也走了过来，主管是一个上了年纪的女人，微胖，面如银盆，声音温柔。她上前耐心地教大叔怎么卡狗鼻子。大叔身上味那么大，主管阿姨肯定也闻到了。在那么多人的注视下，他更紧张了，手微微地抖动。球还是脱落滚了出去。两次，三次，都滚了出去。

所有人的目光聚在他身上。空气凝结了。时间也仿佛停止了。

大叔面有惭色，他有些慌乱，低着头，嘟囔着说了一堆什么。但所有人明明白白听清了一句话："我干不了这个啦，我走。"说着他起身要走。

领班走了过来，喊住了大叔："老廖，那边有上货的活，你去做搬运吧。"大叔只觉得丢了脸，抬不起头，他弓着背，逃也似的走了。领班在他身后喊："老廖，明天还来啊，安排你做搬运。"

大亨狗链厂的主管阿姨没有赶人，没有说出马上滚蛋这样的话。

学生工问领班："大叔上午干了四个小时，有没有工钱啊？"

领班愣了一会说：“按规定中途退出的人，一分钱都没有……”

学生工站了起来：“那说不过去啊，干了活就得给人家工钱。榜哥不差这点钱。”

领班听了这话，说：“我跟榜哥商量一下，以前也发生过这个情况……”这时，厂方的主管阿姨发话了，她说：“别商量了，快去告诉榜哥，我们厂方出这个钱。”

这些话，说得那么大声，所有人都听见了——我们听得一字不落。

下午车间微微地热了起来。我要如何描述这种热呢，像是心热，没有出汗，头顶的电扇在呼呼转动。我们感受到了热，但这个热字却难以说出口。这个感觉恰好停留在欲说还休的地带。这是经历了多少次调试才确定的温度？要是再稍稍凉快一点点就舒服了，就差那么一点。

晚餐的时候，刘梅埋怨我没有早点带她过来。我说：“你找到新的乐子了？”她踢了我一脚。

八、没有扇出去的耳光

我在狗链厂连做了五天，才看出一点端倪。早上去得早就能坐上中巴车，下班靠抢，我哪里拼得过那些体格健壮的男人和大婶们，只得去坐摇摇晃晃吐着黑烟的三轮车。但刘梅每晚下班都坐上了中巴车。那是领班留给她的。有两个大叔对我特别殷勤，有一个帮我抢中巴位子，早上还帮我排队泡茶。另一个告诉我一个巧宗，说早上分工的时候不要跟大部队走，直接进入后排的线位做事，有一条线是往包装盒里塞产品说明书，非常轻松，那里有一排办公室，人员进出要开门，空调的冷气从办公室漏出来，比别的地方凉快多了。我试了一下，果然。心中暗暗称奇。

我像猎人一样静静等候大叔们接下来的行动。然而没有。他们对我的关照仅限于此，并未逾矩。我暗自寻思，是我魅力不够，还是需要我主动暗示？一时间找不到头绪。一些年轻的小嫂子经常去撩学生工，说着说着就动起了手："弟弟，乳房让你摸一下也是没有关系的。"那个戴眼镜的越是害羞想躲，越是被女人们追着调笑。

在这里做工有一种集体劳动的欢快气息，让人愉悦。我在离开的时候，能记起什么呢？也许不是具体的某一个人，不是一百六十八元到账的声音，不是种种憋屈，而是那种让人安静愉悦的氛围，就像雪悄悄落满山岗，时光悄悄在每个人身上移动。它适合经年之后回忆。我现在看着它，恍若隔世，每一个瞬间的流逝，都是最后的告别。

大叔又约我去后排塞产品说明书，我摇摇头拒绝了。取巧的东西尝一次味道就行了，真当成正经事，显得无良奸滑。他见我不肯去，他也没去。最后，我们俩分到一起折包装盒。这纸盒还不是盒的时候，只是一个平面纸板，按上面的折痕把它折成盒子只需要几秒钟。

“大妹每天吃小炒，是个没有负担的人啊。”他说。

我一惊，我每天都吃小炒了吗？没错，还真是。免费的菜太难吃，我只吃了两顿。我全然没有顾及自己是日结工，是为生活所迫得省吃俭用的日结工，我全然不知道这一点会被人看在眼里。有些事果然是装不出来的，你不是一个真正的日结工就是装不出来。此刻我还需要谎言来掩盖。

“上个月得了场病，身子虚，所以得补补。”

我想着自己的样子，时常戴着耳机，一个人，沉迷于自己的世界。我其实从来没有真正地注视过谁，没有把目光停留在谁的身上。在午休、晚休的时候，我低头刷微博，看新闻，关注塞壬的那个世界。搭讪我这样的人是需要勇气的吧。这么多天了，即使是演戏，我都没有真正融进日结工的生活。隐约知道答案了——你这个人从头到脚都写着生人勿近，一副拒人于千里之外的样子。

今天早上，领班在中巴车门口等着我们上车。我和刘梅一路小跑着，到了车门口，刘梅先往车里钻，领班在她屁股上拍了一下，轮到我，他也拍了一下。对，他在我屁股上拍了一下。就像是，是他这一拍才把我们拍进车里。我愣了半秒，这算性骚扰吗？我后面的两个年轻女人也跟了上来，他也照例拍了一下，把她们也拍进车里。

从来没有一个男人公然对我做出这个举动，瞬间涌起一股恶心，一种“我脏了”的恶心感。他当时在车门口候着，表情轻浮，他这只“咸猪手”应该不是初犯。我想发作，可是，那些女人没有一个表现出不适感，那一串行云流水的动作，配合着大家的陆续落座，天衣无缝，仿佛这一切都没有发生过，仿佛是他们日常的一种问候方式。我突然黑脸问罪会不会太小题大做了？而且，在那个氛围里，我真要黑脸，似乎非常不和谐，甚至是有点奇怪。

我再一次松开了拳头。如果他胆敢在无人的私底下这样做，我就会毫不犹豫地把耳光扇过去。然而没有，直到我半个月后离开，他也没有。我是误读了日结工男女相处的模式吗？那学生工，他会不会跟我一样有恶心感？

我跟大叔面对面坐着折纸盒子。我们聊起了家乡，聊起了在东莞的境遇。我先前编了一套个人简历，孩子已经在湖北老家读大学了，老公在工厂打工，自己出来找点活干贴补家用。最无懈可击最合乎情理最常见最普通的一套说辞。大叔频频点头，他是江西人，多年前在东莞一家模具厂打工，小拇指被切断了，没有获得一分钱赔偿。他竖起小拇指给我看，末端没有了，突兀地短了一截，突然进入视野的瞬间是可怖的。那是东莞留给一个打工人最深的记忆——伤痛，以及永远的伤残。即使面对面，他也不太与我对视。折好的盒子是一个套着一个的，我们已经码得很高了，他上前把它们抱到另一边好腾出位子。

我们好像陷入了生命中的某个痛点。他清澈如水的人生履历：来东莞二十多年，老家回不去了，没有地。老婆腿脚不便，从制衣厂取货在家里做些镶珠镶水钻的手工活儿，孩子都结婚了，女儿嫁到惠州，儿子在深圳打工。这样的打工人生履历是千千万万个人的。虽然黄红艳的那份是假的，但本质上塞壬的这份并不假：来广东二十多年，先在广州、深圳、佛山、东莞漂泊了九年，五次在大街上被抢劫，两次被入室抢劫，曾在熙熙攘攘人来人往的大街上倒地痛哭，无钱交房租深夜逃走，在职场被打压挤对无故被炒，无望的爱情，频繁地换工作，搬家，没有地址，拖着行李在路上，在人潮拥挤的火车站。那些年，看不到一丝人生的希望，那些年，沉浸在黑夜的深水里……我是在写作中找到唯一的光，在文字中找到唯一慰藉的人。

我还是可以感受到那些留白，还有那些没有说出的话。在沉默中，我觉得我身体的一根肋骨跟这位大叔的一根是相呼应的。他的断指，和他平淡的叙述，还有他从未抬头的表情，在此之前，我对他诸多轻浮的猜测太无礼了。我不是一心等着他在我面前出丑的吗？不是想等到那一幕，那可以被我重重奚落的一幕吗？

下午装车。开进工业园的加长卡车很高，后面的挂车放下护板的时候，搭了块斜木板供人走进宽阔的车厢。我跟几个女人在车厢里摆货，男人利用那块斜木板把货往上拉，不到一个小时，我们就把车装满了。结束时，我们走出车厢，发现领班在下面向我们张开了双臂。其实，我们可以沿着木板走下去的。可是那一刻，我们都愿意让他在下面接住我们。先是刘梅，她曲腿一跃，领班叉住她的双肋把她往地上轻轻一放。她在空中还做了一个飞翔的姿势。他稳稳地托住了她。我是最后一个，领班向我招手，我也笑着学她们的样子，做了一个飞翔的姿势。

我似乎感受到另一种情感。它不是来自性别，而是来自这样一群人将要相扶着走过的人生。

我约刘梅去打麻将，被她拒绝了。做了日结工之后，她跟其他做日结工的大婶一样，配齐了行头，圆筒便当包，拖鞋，可以用盖子喝水的保温杯，她渐渐不化妆了，我看她吃免费的食堂，跟男人们谈笑风生，我的这个老乡没有坑我。再后来，她开始自带饭菜，还说可以帮我做一份。我正在考虑如何跟她圆谎，就是我为什么不再去做日结工这个谎。

我从头至尾都在说谎啊。

九、我还会回来的

陈太那里我还是没有挤进去，不，我是被陈太嫌弃的人。罗姐说过，老板没有什么差别，除了个别工厂给的工资略高一些，其余的价格都是十四块。那天，我从老莫的档口走向了榜哥，被他看见了，他叫住我："那个，那个女人，你跑大榜家去了，我可没亏待你啊。"他追在我身后喊，我说："明天就来你家，明天就来。"说着，急忙逃走了。后来去了蒋生家的档口，那是一家苹果键盘厂，活也好做。只是他家的车坐着太难受了，一辆黑色的轿车，后备箱改装了，全用来装人。我被塞进去的时候，脸贴在车后面的玻璃上，嘴唇都压得变形了。

罗姐她们要求涨价的事失败了。失败了也得做啊，还有什么地方能给活干呢？

年前，我在综合市场买东西，突然肩头被人拍了一下，我一回头，是那位开电动三轮车的光头师傅，他喊了我一声妹子，这个人突然出现在塞壬的世界里，那一瞬间，我有一种他乡遇故知的激动，它在塞壬的世界是一个多么独特的存在啊。驼背的老师傅，干着两份活，早晚的接送之外，他还在市场帮着商户送货。

手机的那个微信号，我时不时翻出来看。哦，我已经被踢出群了，所以再也收不到任何工厂的用工信息。微信的零用钱已有四千多块。这是一个我随时可以进入的地方啊，不设防，没有门槛，它永远向我敞开。我在想，这世上除了家再也找不到这样的地方了。我在那里有一个自己的世界，有朋友，有值得信任的人，有清澈如水的履历，吃三块钱的红糖馒头，喝有咸菜味的茶水，为了争一个可以伸展双腿的活跟工友翻脸。在那样一个世界，我看到了生而为人最初的朴素情感。粮食进入肠道，变成大便排出来，干干净净。偶尔，我会因突如其来的感动怔住。去做日结工会成为我将来的一种生活常态吧。不为写作，不为什么，得空了就去做做。我扎根于大地如同水融于大海。

图书在版编目（CIP）数据

无尘车间 / 塞壬著．—南京：译林出版社，
2023.3
ISBN 978-7-5447-9499-2

Ⅰ.①无…　Ⅱ.①塞…　Ⅲ.①纪实文学－中国－当代
Ⅳ.①I25

中国版本图书馆 CIP 数据核字（2022）第 214110 号

无尘车间　　塞　壬／著

责任编辑　侯擎昊
特约编辑　李　蕊
装帧设计　周伟伟
校　　对　孙玉兰　戴小娥
责任印制　颜　亮

出版发行　译林出版社
地　　址　南京市湖南路 1 号 A 楼
邮　　箱　yilin@yilin.com
网　　址　www.yilin.com
市场热线　025-86633278
排　　版　南京展望文化发展有限公司
印　　刷　南京新世纪联盟印务有限公司
开　　本　850 毫米 ×1168 毫米　1/32
印　　张　6.75
插　　页　2
版　　次　2023 年 3 月第 1 版
印　　次　2023 年 3 月第 1 次印刷
书　　号　ISBN 978-7-5447-9499-2
定　　价　58.00 元